Diogenes Taschenbuch 20834

de
te
be

Gen 11, 1-9

Friedrich Dürrenmatt

Werkausgabe in dreißig Bänden

Herausgegeben in Zusammenarbeit mit dem Autor

Band 4

Friedrich Dürrenmatt

Ein Engel kommt nach Babylon

Eine fragmentarische Komödie in drei Akten

Neufassung 1980

Diogenes

Umschlag: Detail aus ›Turmbau IV: Vor dem Sturz‹ von Friedrich Dürrenmatt.
Die erste Fassung von *Ein Engel kommt nach Babylon* erschien 1954, die zweite 1957 im Verlag der Arche, Zürich.
Aufführungs-, Film-, Funk- und TV-Rechte:
Weltvertrieb: Reiss AG, Theaterverlag, Sprecherstraße 8, CH-8032 Zürich.

Vertrieb für Deutschland: Felix Bloch Erben, Verlag für Bühne, Film, Funk, Hardenbergstraße 6, D-10623 Berlin.
Der vorliegende Text basiert auf der ersten Fassung unter Berücksichtigung der zweiten und der Opernfassung 1977; diese *Neufassung 1980* hat Friedrich Dürrenmatt eigens für diese Ausgabe geschrieben. Die Fragmente aus *Der Turmbau zu Babel* und *Der Uhrenmacher* und das Gedicht *Dies ist die Geschichte vom großen Turm* werden hier erstmals veröffentlicht.
Redaktion: Thomas Bodmer.

40/95/8/9
ISBN 3 257 20834 0

Inhalt

Allgemeine Anmerkung
zu der Endfassung 1980 meiner Komödien

Es ging mir, im Gegensatz zu den verschiedenen Fassungen, die vorher einzeln im Arche-Verlag erschienen sind, bei den Fassungen für die Werkausgabe nicht darum, die theatergerechten, das heißt die gestrichenen Fassungen herauszugeben, sondern die literarisch gültigen. Literatur und Theater sind zwei verschiedene Welten: Außer den Komödien, die ich nur für die Theater schrieb, *Play Strindberg* und *Porträt eines Planeten*, die Übungsstücke für Schauspieler darstellen und die ich als Regisseur schrieb, gebe ich im Folgenden – die ersten Stücke tastete ich nicht an – die dichterische Fassung wieder, eine Zusammenfassung verschiedener Versionen.

F. D.

Ein Engel kommt nach Babylon

Eine fragmentarische Komödie
in drei Akten
Neufassung 1980

Ihr Städte des Euphrats!

Hölderlin

Personen

Der Engel
Das Mädchen Kurrubi
Akki
Nebukadnezar, König von Babylon
Nimrod, Exkönig von Babylon
Der Kronprinz, beider Sohn
Der Erzminister
Der Obertheologe Utnapischtim
Der Urgeneral
Erster Soldat
Zweiter Soldat
Dritter Soldat
Ein Polizist
Der Bankier Enggibi
Der Weinhändler Ali
Die Hetäre Tabtum
Erster Arbeiter
Zweiter Arbeiter, klassenbewußter
Erste Arbeiterfrau
Zweite Arbeiterfrau
Der Feierliche
Der Eselmilchverkäufer Gimmil
Viele Dichter, Volk und so weiter

Geschrieben 1953
Uraufführung in den Münchner Kammerspielen
am 22. Dezember 1953

Erster Akt

Um gleich mit dem wichtigsten Ort zu beginnen, der zwar nicht den Schauplatz abgibt, sondern nur den Hintergrund dieser Komödie, so hängt ein unermeßlicher Himmel über allem, in dessen Mitte der Andromedanebel schwebt, etwa so, wie wir ihn in den Spiegeln des Mount Wilson oder des Mount Palomar sehen, bedrohlich nah, fast die Hälfte des Bühnenhintergrundes füllend. Aus diesem Himmel nun stieg einmal, und nur ein einziges Mal, ein Engel hernieder, verkleidet als ein zerlumpter Bettler mit einem langen, roten Bart, ein verhülltes Mädchen zur Seite. Eben erreichen die Wanderer die Stadt Babylon und gelangen zum Euphratquai. In der Mitte des kleinen Platzes brennt eine altbabylonische Gaslaterne, spärlich natürlich im Vergleich zum Himmel darüber. Weiter hinten an Hauswänden und Plakatsäulen Plakate, einige zerrissen, etwa des Inhalts: ›Wer bettelt, schadet der Heimat‹, ›Betteln ist unsozial‹, ›Bettler, tretet in den Staatsdienst ein‹. Im Hintergrund ferner ahnt man die Straßenschluchten der Riesenstadt, ein Gewirr von Palästen, Hochhäusern und Hütten, das sich im gelben Sand der Wüste verliert, prächtig und dreckig zugleich, von Millionen bewohnt.

DER ENGEL Da du, mein Kind, erst vor wenigen Augenblicken auf eine höchst erstaunliche Weise von meinem Herrn erschaffen worden bist, so vernimm denn, daß ich, der ich als Bettler verkleidet neben dir schreite, ein Engel bin, daß diese zähe und störrische Materie, auf der wir uns hier bewegen, die Erde ist – wenn ich mich nicht allzu sehr in der Richtung geirrt haben sollte – und daß diese weißen Blöcke die Häuser der Stadt Babylon sind.

DAS MÄDCHEN Ja, mein Engel.

DER ENGEL *zieht eine Landkarte hervor und studiert sie* Die breite Masse, die an uns vorbeifließt, ist der Euphrat. *Er geht die Ufermauer hinunter und steckt den Finger in die Wellen, worauf er ihn zum Munde führt.* Er scheint aus einer Unmenge von angesammeltem Tau zu bestehen.

DAS MÄDCHEN Ja, mein Engel.

DER ENGEL Die krumme und helle Figur über uns – ich bitte dich, den Kopf ein wenig zu heben – ist der Mond und die unermeßliche Wolke über uns, milchig in ihrer Majestät, der Andromedanebel, den du kennst, da wir von ihm kommen. *Er tippt auf die Karte.* Es stimmt, es steht alles auf der Landkarte.

DAS MÄDCHEN Ja, mein Engel.

DER ENGEL Du aber, an meiner Seite wandelnd, nennst dich Kurrubi und bist, wie ich schon erwähnte, von meinem Herrn selbst vor wenigen Minuten erschaffen worden, indem Er – wie ich dir nun sagen kann – vor meinen Augen mit der rechten Hand hinein ins Nichts griff, den Mittelfinger und den Daumen leicht aneinanderrieb, worauf du schon auf seiner Handfläche einige zierliche Schritte machtest.

KURRUBI Ich erinnere mich, mein Engel.

DER ENGEL Sehr schön, erinnere dich immer daran, denn von nun an bist du von dem getrennt, der dich aus dem Nichts schuf und auf dessen Hand du getanzt hast.

KURRUBI Wo soll ich nun hin?

DER ENGEL Zu den Menschen.

KURRUBI Was sind das, Menschen?

DER ENGEL *verlegen* Meine liebe Kurrubi, ich muß dir gestehen, daß ich auf diesem Gebiet der Schöpfung wenig Bescheid weiß. Ich habe nur einmal, vor etlichen tausend Jahren, einen Vortrag über dieses Thema gehört. Demnach sind Menschen Wesen von unserer jetzigen Gestalt, die ich insofern unpraktisch finde, als sie mit verschiedenen Organen behaftet ist, die ich nicht begreife. Ich bin froh, mich bald wieder in einen Engel zurückverwandeln zu dürfen.

KURRUBI So bin ich jetzt ein Mensch?

DER ENGEL Du bist ein Wesen in Menschenform. *Sich räuspernd* Laut des Vortrages, den ich hörte, pflanzen sich die Menschen untereinander fort, während du von Gott aus dem Nichts gemacht worden bist. Ich möchte dich ein Menschennichts nennen. Du bist unvergänglich wie das Nichts und vergänglich wie der Mensch.

KURRUBI Was soll ich denn den Menschen bringen?

DER ENGEL Meine liebe Kurrubi, da du noch nicht eine Viertelstunde alt bist, will ich dir dein vieles Fragen verzeihen. Du mußt jedoch wissen, daß ein wirklich frommes Mädchen nicht fragt. Du sollst den Menschen nichts bringen, sondern du wirst vor allen Dingen den Menschen gebracht.

KURRUBI *nach kurzem Nachdenken* Das verstehe ich nicht.

DER ENGEL Was aus der Hand dessen kommt, der dich erschuf, verstehen wir nie, mein Kind.

KURRUBI Verzeih.

DER ENGEL Ich erhielt den Auftrag, dich dem geringsten der Menschen zu übergeben.

KURRUBI Ich habe dir zu gehorchen.

DER ENGEL *wieder die Karte studierend* Die geringsten der Menschen sind die Bettler. Du wirst demnach einem gewissen Akki gehören, der, wenn diese Karte stimmt, der einzige noch erhaltene Bettler der Erde ist. Wahrscheinlich ein lebendes Naturdenkmal. *Stolz* Sie ist großartig, diese Landkarte. Es steht alles drauf.

KURRUBI Wenn der Bettler Akki der geringste der Menschen ist, wird er unglücklich sein.

DER ENGEL Was du in deiner Jugend für Wörter brauchst. Was erschaffen ist, ist gut, und was gut ist, ist glücklich. Auf meinen ausgedehnten Reisen durch die Schöpfung habe ich nie ein Körnchen Unglück gesehen.

KURRUBI Ja, mein Engel.

Sie schreiten nach rechts, der Engel beugt sich über das Orchester.

DER ENGEL Dies ist die Stelle, wo der Euphrat einen Bogen macht. Hier müssen wir den Bettler Akki erwarten. Wir wollen uns setzen und schlafen. Die Reise ermüdete mich, und außerdem ist mir, als wir beim Jupiter um die Ecke bogen, einer seiner Monde zwischen die Beine geraten.

Sie setzen sich rechts außen in den Vordergrund.

DER ENGEL Komm nah zu mir. Umschlinge mich mit deinen Armen. Wir wollen uns mit dieser wunderbaren Landkarte zudecken. Ich bin in meinen Sonnen an andere Temperaturen gewöhnt. Mich friert, obschon dies nach der Karte eine der wärmsten Gegenden der Erde sein soll. Es scheint sich um einen kalten Stern zu handeln.

Sie decken sich mit der Landkarte zu und schlafen aneinandergeschmiegt ein.
Von rechts kommt Nebukadnezar, ein noch junger Mann, gar nicht unsympathisch und etwas naiv, von seinem Gefolge begleitet. Darunter der Erzminister, der Urgeneral, der Obertheologe Utnapischtim und ein rot vermummter Henker.

NEBUKADNEZAR Indem meine Heere im Norden den Libanon erreicht haben, im Süden das Meer, im Westen eine Wüste und im Osten ein Gebirge, das so hoch ist, daß es nicht mehr aufhört, ist die Welt von mir erobert worden.

DER ERZMINISTER Im Namen der Minister –

UTNAPISCHTIM Der Kirche –

DER URGENERAL Des Heeres –

DER HENKER Der Justiz –

ALLE VIER Gratulieren wir Seiner Majestät dem König Nebukadnezar zur Neuordnung der Welt. *Sie verneigen sich.*

NEBUKADNEZAR Neunhundert Jahre verbrachte ich als Schemel König Nimrods in einer unangenehmen, zusammengekrümmten Stellung.

DER ERZMINISTER *verneigt sich* Majestät, Nimrod wurde verhaftet.

DER URGENERAL Das Heer meuterte, als er gegen Lamasch marschierte.

UTNAPISCHTIM Der Umschwung der Dinge ist eingetreten.

DER ERZMINISTER Für die nächsten neunhundert Jahre.

Sie verneigen sich.

NEBUKADNEZAR Ich muß mich sputen, den Schaden wiedergutzumachen. Das Leben ist kurz. Ich habe die Ideen zu verwirklichen, die in mir aufstiegen, während ich Nimrods Schemel war.

DER ERZMINISTER Majestät wünschen, den wahrhaft sozialen Staat einzuführen.

NEBUKADNEZAR Es überrascht mich, Erzminister, daß du meine Gedanken kennst.

DER ERZMINISTER Könige denken im Zustand der Erniedrigung stets sozial, Majestät.

NEBUKADNEZAR Wie immer, wenn Nimrod regierte, ging es der Privatwirtschaft viel zu gut und dem Staat viel zu schlecht.

DER ERZMINISTER Die Zahl der Bankiers und der Bettler ist beängstigend.

NEBUKADNEZAR Gegen die Bankiers einzuschreiten ist mir gegenwärtig nicht möglich. Ich erinnere nur an den Stand unserer Finanzen. Das Betteln jedoch habe ich verboten. Ist meinem Befehl Folge geleistet worden?

DER ERZMINISTER Die Bettler sind in den Staatsdienst übergetreten, Majestät. Sie treiben jetzt die Steuern ein. Nur ein Bettler namens Akki will bei seinem armseligen Gewerbe bleiben.

NEBUKADNEZAR Wurde er gebüßt?

DER ERZMINISTER Vergeblich.

NEBUKADNEZAR Ausgepeitscht?

DER URGENERAL Unbarmherzig.

NEBUKADNEZAR Gefoltert?

DER HENKER Keine Stelle seines Leibes, die nicht mit glühenden Zangen gezwackt, keiner seiner Knochen, der nicht mit fürchterlichen Gewichten belastet worden wäre.

NEBUKADNEZAR Er weigert sich noch immer?

DER ERZMINISTER Er ist durch nichts zu erschüttern.

NEBUKADNEZAR Dieser Akki ist der Grund, weshalb ich mich zu nächtlicher Stunde am Euphratufer befinde. Es wäre mir ein leichtes, ihn nun aufknüpfen zu lassen. Es ist jedoch eines großen Herrschers nicht unwürdig, es noch mit Humanität zu versuchen. Ich habe daher beschlossen, eine Stunde meines Lebens mit dem geringsten meiner Untertanen zu teilen. Zieht mir deshalb den alten Bettlermantel an, den ich aus der Garderobe meines Hoftheaters habe holen lassen.

DER ERZMINISTER Wie Majestät befehlen.

NEBUKADNEZAR Klebt mir den roten Bart ins Gesicht, der zu diesem Kostüm paßt.

Nebukadnezar steht als Bettler verkleidet da.

NEBUKADNEZAR Seht denn, was ich unternehme, ein makelloses Reich zu erschaffen, ein durchsichtiges Gebilde, das alle umschließt, vom Henker bis zum Minister, und alle aufs angenehmste beschäftigt. Wir streben nicht nach Macht, wir streben nach Vollkommenheit. Die Vollkommenheit hat nichts Überflüssiges an sich, ein Bettler ist jedoch überflüssig. Ich will diesen Akki überreden, dem Staatsdienst beizutreten, indem ich, da ich selbst als Bettler vor ihm erscheine, ihm so seine eigene Not vor Augen führe. Will er aber in seinem Unglück verharren, wird er an diese Laterne geknüpft.

Der Henker verneigt sich.

DER ERZMINISTER Wir bewundern die Weisheit Eurer Majestät.

NEBUKADNEZAR Bewundert nicht, was ihr nicht versteht.

DER ERZMINISTER Gewiß, o König.

NEBUKADNEZAR Entfernt euch. Doch nicht zu weit, damit ihr mir zur Hand seid, wenn ich rufe. Vorher lasse sich keiner erblicken.

Alle verneigen sich und gehen nach dem Hintergrund, wo sie sich verbergen.
Nebukadnezar setzt sich links außen an den Euphrat. In diesem Augenblick erwachen der Engel und Kurrubi.

DER ENGEL *freudig* Siehst du, das ist jetzt ein Mensch.

KURRUBI Er hat die gleichen Kleider an und den gleichen roten Bart.

DER ENGEL Wir haben den getroffen, den wir suchen, mein Kind. *Zu Nebukadnezar* Es freut mich, den Bettler Akki von Babylon kennenzulernen.

NEBUKADNEZAR *verwirrt, wie er den als Bettler verkleideten Engel sieht* Ich bin nicht der Bettler Akki. Ich bin ein Bettler aus Ninive. *Streng* Ich war der Meinung, daß außer mir und Akki kein weiterer Bettler lebe.

DER ENGEL *zu Kurrubi* Ich weiß nicht, was ich denken soll, liebe Kurrubi. Meine Landkarte stimmt nicht: In

Ninive gibt es auch einen Bettler. Zwei Bettler leben auf der Erde.

NEBUKADNEZAR *für sich* Ich lasse den Informationsminister hängen: Zwei Bettler leben in meinem Reich. *Zum Engel* Woher kommst du?

DER ENGEL *verlegen* Von jenseits des Libanon.

NEBUKADNEZAR Wie der große König Nebukadnezar feststellte, hört beim Libanon die Welt auf. Dieser Ansicht sind sämtliche Geographen und Astronomen.

DER ENGEL *schaut auf der Landkarte nach* Jenseits sind noch einige Dörfer, Athen, Sparta, Karthago, Moskau, Peking. Siehst du? *Er zeigt die Ortschaften dem König.*

NEBUKADNEZAR *für sich* Ich lasse noch den Hofgeographen hängen. *Zum Engel* Der große König Nebukadnezar wird auch diese Dörfer erobern.

DER ENGEL *leise zu Kurrubi* Der Umstand, daß wir einen zweiten Bettler getroffen haben, verändert unsere Lage. Ich muß jetzt herausfinden, wer der ärmere ist, der Bettler Akki oder dieser Bettler aus Ninive, eine Untersuchung, die nur mit Zartheit und Diskretion durchgeführt werden kann.

Von links kommt eine zerlumpte und wilde Gestalt mit einem roten Bart, so daß sich nun drei Bettler mit langen roten Bärten auf der Bühne befinden.

DER ENGEL Da kommt ein zweiter Mensch.

KURRUBI Er hat ebenfalls die gleichen Kleider an wie du, mein Engel, und den gleichen roten Bart.

DER ENGEL Wenn das jetzt wieder nicht der Bettler Akki ist, werde ich konfus.

NEBUKADNEZAR *für sich* Wenn das jetzt wieder nicht der

Bettler Akki ist, wird auch noch der Innenminister gehängt.

Die Gestalt setzt sich in die Mitte der Bühne ans Euphratufer, sich mit dem Rücken gegen die Laterne lehnend.

NEBUKADNEZAR *räuspert sich* Du bist, wie ich nicht zweifle, der Bettler Akki aus Babylon?

DER ENGEL Der berühmte Bettler Akki, dessen Ruhm überallhin gedrungen ist?

AKKI *zieht eine Schnapsflasche hervor und trinkt* Ich kümmere mich nie um meinen Namen.

NEBUKADNEZAR Jeder hat einen Namen.

AKKI Wer bist du?

NEBUKADNEZAR Auch ein Bettler.

AKKI Dann bist du ein schlechter Bettler, denn vom Standpunkt der Bettlerei aus sind deine Grundsätze schlechte Grundsätze. Ein Bettler hat nichts, kein Geld und keinen Namen, er nennt sich so und bald so, er nimmt sich einen Namen wie ein Stück Brot. Ich bettle mir daher jedes Jahrhundert einen anderen Namen zusammen.

NEBUKADNEZAR *würdig* Es ist eines der dringendsten Interessen der Menschheit, daß jeder seinen Namen behält, daß jeder ist, der er ist.

AKKI Ich bin, was mir gefällt. Ich bin alles gewesen, und jetzt bin ich Akki der Bettler geworden. Doch wenn du willst, kann ich auch Nebukadnezar der König sein.

NEBUKADNEZAR *springt empört auf* Das ist unmöglich.

AKKI Nichts ist leichter, als ein König zu werden: eines der einfachsten Kunststücke, das man gleich zu Beginn seiner bettlerischen Laufbahn lernen muß. Ich bin in meinem Leben schon siebenmal König gewesen.

NEBUKADNEZAR *der sich wieder gefaßt hat* Es ist kein größerer König denn Nebukadnezar!

Im Hintergrund wird der ganze Hofstaat sichtbar, der sich verneigt und sofort wieder verschwindet.

AKKI Du meinst den kleinen Nebi.

NEBUKADNEZAR Nebi?

AKKI So nenne ich meinen Freund, den König Nebukadnezar von Babylon.

NEBUKADNEZAR *nach einer Pause, würdevoll* Ich kann wohl kaum annehmen, daß du den großen König der Könige kennst.

AKKI Groß? Körperlich und geistig ein Knirps.

NEBUKADNEZAR Auf den Reliefs wird er stets würdevoll und gut gewachsen dargestellt.

AKKI Na ja. Auf den Reliefs. Wer macht die? Unsere babylonischen Bildhauer. Bei denen sieht ein König wie der andere aus. Ich kenne meinen Nebi, da macht man mir nichts vor. Leider befolgt er meine Ratschläge nicht.

NEBUKADNEZAR *erstaunt* Deine Ratschläge?

AKKI Er läßt mich auf sein Schloß holen, wenn er sich nicht mehr zu helfen weiß.

NEBUKADNEZAR *verwirrt* Auf sein Schloß?

AKKI Er ist der dümmste König, der mir je vorgekommen ist. Das Regieren fällt ihm schwer.

NEBUKADNEZAR Das Weltregieren ist eine erhabene und schwierige Aufgabe.

AKKI Das sagt Nebi auch immer. Das hat noch jeder

König gesagt, den ich gekannt habe. Das ist die Ausrede der Könige, denn jeder Mensch braucht eine Ausrede, wenn er kein Bettler ist, warum er kein Bettler sei. Schlimme Zeiten stehen bevor. *Er trinkt. Zum Engel* Wer bist denn du?

DER ENGEL Ich bin auch ein Bettler.

AKKI Dein Name?

DER ENGEL Ich komme aus einem Dorf, wo es noch keine Namen gibt.

AKKI Wo liegt dieses sympathische Dorf?

DER ENGEL Jenseits des Libanon.

AKKI Eine vernünftige Gegend. Was willst du von mir?

DER ENGEL Das Bettlergewerbe steht schlecht in unserem Dorf. Ich vermag kaum von meinem Betteln zu leben, und dabei habe ich ein Töchterchen zu ernähren, das sich verschleiert an meiner Seite befindet, wie du siehst.

AKKI Ein Bettler, der in Not gerät, ist ein Dilettant.

DER ENGEL Der Gemeinderat meines Dorfes hat mir daher die Reisekosten zum gewaltigen und berühmten Bettler Akki bezahlt, damit ich die Kunst des Bettelns besser erlerne. Ich bitte dich, aus mir einen anständigen und soliden Bettler zu machen.

AKKI Der Gemeinderat hat klug gehandelt. Es gibt noch Gemeinderäte auf der Welt.

KURRUBI *bestürzt zum Engel* Du lügst, mein Engel.

DER ENGEL Der Himmel lügt nie, mein Kind. Nur fällt es ihm bisweilen schwer, sich den Menschen verständlich zu machen.

AKKI *zu Nebukadnezar* Warum bist du zu mir gekommen?

NEBUKADNEZAR Ich bin der berühmte und große Anaschamaschtaklaku, der überaus herrliche und Erste Bettler von Ninive.

AKKI *mißtrauisch* Du bist der Erste Bettler von Ninive?

NEBUKADNEZAR Anaschamaschtaklaku, der Erste Bettler Ninives.

AKKI Was willst du?

NEBUKADNEZAR Ziemlich das Gegenteil von diesem Bettler aus dem Dorfe jenseits des Libanon. Ich bin gekommen, dich zu überzeugen, daß wir nicht mehr Bettler sein können. Wir sind zwar für den Fremdenverkehr attraktiv, doch, den alten romantischen Orient in Ehren, nun ist ein modernes Zeitalter angebrochen. Wir müssen dem Verbot unseres Standes durch den großen König Nebukadnezar Folge leisten.

AKKI So!

NEBUKADNEZAR Eine soziale Welt darf keine Bettler kennen. Es ist ihrer unwürdig, die Armut weiter zu dulden, die das Bettlergewerbe mit sich bringt.

AKKI Hm!

NEBUKADNEZAR Alle andern Bettler in Ninive und Babylon, in Ur und Uruk, ja sogar in Aleppo und Susa haben ihren Bettlerstab fortgeworfen, denn der König der Könige, Nebukadnezar, gibt allen Arbeit und Brot. Es geht ihnen jetzt verhältnismäßig viel besser denn zuvor.

AKKI Ei!

NEBUKADNEZAR Infolge unserer erhabenen Kunst zu betteln haben wir die Not nicht so gespürt wie unsere Mitbettler, obgleich auch unser Elend wahrlich nicht gering ist, wie man aus den Kleidern ersehen kann, die wir tragen. Aber auch mit der größten Meisterschaft erreichen wir in den heutigen Zeiten einer wirtschaftlichen Blüte nicht mehr, als beispielsweise – um die schlechtbezahltesten Arbeiter zu nennen – ein Dichter verdient.

AKKI Potz!

NEBUKADNEZAR Aus diesem Grunde, Erhabener, habe ich beschlossen, mein Bettlergewerbe niederzulegen, um in den Dienst seiner Majestät des Königs Nebukadnezar zu treten. Ich bitte dich, dasselbe zu tun und dich um acht im Finanzministerium zu melden. Deine letzte Chance, dem Befehl nachzukommen. Nebukadnezar ist gewissenhaft und könnte dich sonst an die Laterne knüpfen lassen, gegen die du dich lehnst.

Im Hintergrund verneigt sich der Henker.

AKKI Du bist der Bettler Anaschamaschtaklaku aus Ninive?

NEBUKADNEZAR Der Erste und bestrenommierte Bettler aus Ninive.

AKKI Und verdienst nicht mehr denn ein Dichter?

NEBUKADNEZAR Nicht mehr.

AKKI Das muß an deiner Bettlerei liegen. Ich unterhalte allein fünfzig babylonische Dichter.

NEBUKADNEZAR *vorsichtig* Es ist natürlich vielleicht möglich, daß ein Dichter in Ninive etwas mehr verdient als in Babylon.

AKKI Du bist der Erste Bettler von Ninive und ich der Erste Bettler von Babylon. Es war schon lange mein Wunsch, mich mit dem Premierbettler einer anderen Stadt zu messen. Wir wollen unsere Kunst vergleichen. Wenn du siegst, treten wir in den Staatsdienst ein, heute um acht, und wenn ich siege, kehrst du nach

Ninive zurück und bettelst weiter, wie ich dies in Babylon tue, ungeachtet der Gefahren, die sich bei der Ausübung unseres hohen Amtes ergeben. Es tagt, und die ersten Menschen stehen auf. Es ist für das Betteln eine ungünstige Zeit, aber um so größer wird unsere Geschicklichkeit sein müssen.

DER ENGEL Meine liebe Kurrubi, es ist ein historischer Augenblick gekommen: Du wirst deinen Mann kennenlernen, den ärmsten und untersten Bettler.

KURRUBI Wie werde ich das können, mein Engel?

DER ENGEL Ganz einfach, mein Kind: Wer diesen Zweikampf im Betteln verliert, ist der geringste der Menschen. *Er tippt sich stolz auf die Stirne.*

AKKI Da trotten zwei Arbeiter quer durch Babylon, von einem Stadtteil zum andern, ohne Essen im Magen, einen Weg von drei Stunden, um ihre Frühschicht in der Ziegelbrennerei Mascherasch anzutreten. Ich lasse dich beginnen, Bettler aus Ninive.

Zwei Arbeiter kommen von links.

NEBUKADNEZAR *jammervoll* Ein Almosen, ehrsame Arbeiter, ein Almosen einem Kameraden der Erzbergwerke Nebo, der invalid geworden ist.

ERSTER ARBEITER Ehrsame Arbeiter! Schwätz nicht so blöd.

ZWEITER ARBEITER Die von der Nebo kriegen zehn Kupfermünzen mehr die Woche. Die sollen für ihre Invaliden selber sorgen.

ERSTER ARBEITER Jetzt, wo Granit kommt für die Regierungsgebäude statt Ziegeln.

ZWEITER ARBEITER Weil's besser für die Ewigkeit hält.

AKKI Jeder eine Kupfermünze, ihr Schufte. Da versuchen sie ihre Bäuche für einen Silberling die Woche zu mästen, und ich, der ich die Ehre der Arbeiterschaft hochhalte und mich nicht zu dieser Ausbeutung hergebe, sondern bettle, hungere! Jagt den Besitzer der Ziegelbrennerei zum Teufel, oder jeder eine Kupfermünze.

ZWEITER ARBEITER Wie kann ich eine Revolution machen, wenn ich allein bin!

ERSTER ARBEITER Wo ich doch eine Familie habe!

AKKI Habe ich etwa nicht Familien? In allen Gassen laufen meine Familien herum. Eine Kupfermünze, oder ihr versinkt in Sklaverei wie vor der Sintflut. Ist das eine Art, mich, den Oberarbeiter Babylons, verhungern zu lassen!

Die beiden Arbeiter geben verlegen ihre Kupfermünzen. Beide nach rechts ab.

AKKI *wirft die beiden Münzen hoch* Den ersten Kampf habe ich gewonnen!

NEBUKADNEZAR Seltsam. Die Arbeiter in Ninive reagieren anders.

AKKI Da hinkt Gimmil herbei, der Eselmilchverkäufer.

Gimmil kommt von links und stellt seine Milchflaschen vor die Türen der Häuser.

NEBUKADNEZAR Zehn Kupfermünzen, du schmieriger Eselmilchverkäufer, der seine Melkerinnen zu Tode schindet, oder ich hetze dir den Lohnpolizisten Marduk auf den Hals.

GIMMIL Den Lohnpolizisten Marduk, der von der Stadtmolkerei bestochen ist? Mir? Auf den Hals? Jetzt, wo die Kuhmilch aufkommt und mich ruiniert? Keinen Pfennig für so einen lausigen Bettler!

AKKI *wirft ihm die zwei erbettelten Kupfermünzen vor die Füße* Hier, Gimmil, mein Hab und Gut für eine Flasche bester Eselmilch. Ich bin ein Bettler und du ein Eselmilchverkäufer, wir treiben beide Privatwirtschaft. Es lebe die Eselmilch, es lebe die Privatwirtschaft. Babylon ist mit Eselmilch groß geworden, babylonische Patrioten trinken Eselmilch!

GIMMIL *begeistert* Da hast du zwei Flaschen und einen Silberling. Mit einem solchen Babylonier ziehe ich gegen sämtliche staatliche Kuhmilch der Welt ins Feld. Babylonische Patrioten trinken Eselmilch! Großartig. Das ist ein viel besseres Schlagwort als: Mit Kuhmilch für den Fortschritt! *Nach links ab.* Sloga

NEBUKADNEZAR Merkwürdig. Ich bin noch nicht in Form.

AKKI Jetzt kommt ein einfacher Fall, ein Musterbeispiel für eine Bettelei. Die Hetäre Tabtum, die mit ihrer Magd auf den Anuplatz geht, frisches Gemüse einzukaufen. Technisch leicht und elegant zu meistern.

Von hinten kommt die Hetäre Tabtum mit ihrer Magd, die einen Korb auf dem Kopf trägt.

NEBUKADNEZAR *jammervoll* Ein Almosen, hochedle Dame, Königin der Tugend. Ein Almosen einem armen, aber anständigen Bettler, der drei Tage nichts gegessen hat.

TABTUM Da hast du einen Silberling. Bete dafür vor dem

Tempel der großen Ischtar, daß ich Glück in der Liebe habe. *Sie gibt Nebukadnezar einen Silberling.*

AKKI Ha!

TABTUM Warum lachst du, Individuum?

AKKI Ich lache, anmutige junge Frau, weil du diesem armen Schlucker aus Ninive bloß einen Silberling gibst. Er ist ein unerfahrener Bettler, Wunderschöne, und man muß ihm schon zwei Silberlinge geben, wenn sein Gebet nur etwas Kraft haben soll.

TABTUM Noch einen Silberling?

AKKI Noch einen.

Die Hetäre gibt Nebukadnezar noch einen Silberling.

TABTUM *zu Akki* Wer bist denn du?

AKKI Ich bin ein wirklicher, ausgebildeter und studierter Bettler.

TABTUM Wirst du auch für mich zur Liebesgöttin beten?

AKKI Ich bete zwar selten, aber für dich, Schönste, will ich es ausnahmsweise tun.

TABTUM Haben deine Gebete denn Erfolg?

AKKI Nur, junge Frau, nur. Wenn ich zu Ischtar zu beten anfange, erzittert ob dem Gestürm meiner Psalmen das Himmelbett, auf dem die Göttin ruht. Du wirst mehr reiche Männer bekommen, als Babylon und Ninive zusammen besitzen.

TABTUM Ich will dir auch zwei Silberlinge geben.

AKKI Ich bin glücklich, wenn du mir ein Lächeln deines roten Mundes schenkst. Das genügt mir.

TABTUM *verwundert* Du willst mein Geld nicht?

AKKI Nimm mir's nicht übel, meine Prächtige. Ich bin ein vornehmer Bettler, der bei Königen, Finanzmännern und Damen der großen Gesellschaft bettelt und nur von einem Goldstück an aufwärts nimmt. Ein Lächeln deines Mundes, Allerschönste, ein Lächeln, und ich bin glücklich.

TABTUM *neugierig* Wieviel geben denn die Damen der großen Gesellschaft?

AKKI Zwei Goldstücke.

TABTUM Ich kann dir drei Goldstücke geben.

AKKI Dann gehörst du zur ganz großen Gesellschaft, schöne Dame.

Sie gibt ihm drei Goldstücke.

AKKI Madame Chamurapi, die Frau des Erzministers, gibt auch nicht mehr.

Im Hintergrund wird der Erzminister sichtbar, der interessiert zuhört.

TABTUM Die Chamurapi? Diese ausgehaltene Person aus dem fünften Quartier? Das nächste Mal erhältst du vier Goldstücke.

Sie geht mit ihrer Magd nach rechts ab. Der Erzminister verschwindet wütend.

AKKI Nun?

NEBUKADNEZAR *kratzt sich im Haar* Ich gebe zu, daß du bis jetzt gewonnen hast.

DER ENGEL *zu Kurrubi* Ein hochbegabter Bettler, dieser Akki. Die Erde scheint ein spannender Stern zu sein. Jedenfalls für mich nach den vielen Sonnen aufregend.

NEBUKADNEZAR Ich komme in Schwung.

AKKI Um so besser, Bettler Anaschamaschtaklaku. Dort begibt sich Enggibi auf die Reise, der Seniorchef des Bankhauses Enggibi und Sohn, der zehnmal reicher ist denn der große König Nebukadnezar.

NEBUKADNEZAR *seufzend* Es gibt so unverschämte Kapitalisten.

Zwei Sklaven tragen Enggibi in einer Sänfte von rechts herein. Hinter der Gruppe trottet ein dicker Eunuch.

NEBUKADNEZAR Dreißig Goldstücke, großer Bankier, dreißig Goldstücke!

ENGGIBI Wo kommst du her, Bettler?

NEBUKADNEZAR Aus Ninive. Nur die hohe Gesellschaft ist mein Kunde. Ich habe noch nie unter dreißig Goldstücken erhalten.

ENGGIBI Die Kaufleute Ninives wissen mit dem Geld nicht umzugehen. Verschwenderisch im Kleinen, sind sie knauserig im Großen. Ich will dir – weil du ein Fremdling bist – ein Goldstück geben.

Er macht mit dem Kopf ein Zeichen, der Eunuch gibt Nebukadnezar ein Goldstück.

ENGGIBI *zu Akki* Kommst du auch aus Ninive?

AKKI Ich bin ein babylonischer Originalbettler.

ENGGIBI Als Einheimischer erhältst du einen Silberling.

AKKI Ich pflege nie über eine Kupfermünze anzunehmen. Ich bin Bettler geworden, weil ich das Geld verachte.

ENGGIBI Du verachtest das Geld, Bettler?

AKKI Es gibt nichts Verächtlicheres als dieses lumpige Metall.

ENGGIBI Ich gebe dir ein Goldstück wie diesem Bettler aus Ninive.

AKKI Eine Kupfermünze, Bankier.

ENGGIBI Zehn Goldstücke.

AKKI Nein.

ENGGIBI Zwanzig Goldstücke.

AKKI Troll dich, Finanzgenie.

ENGGIBI Dreißig Goldstücke.

Akki spuckt aus.

ENGGIBI Du weigerst dich, dreißig Goldstücke vom Seniorchef des größten Bankhauses in Babylon entgegenzunehmen?

AKKI Der größte Bettler Babylons verlangt nur eine Kupfermünze von Enggibi und Sohn.

ENGGIBI Dein Name?

AKKI Akki.

ENGGIBI So ein Charakter muß belohnt werden. Eunuch, gib ihm dreihundert Goldstücke.

Der Eunuch gibt Akki einen Sack voll Gold. Der Zug bewegt sich nach links fort.

AKKI Na?

NEBUKADNEZAR Ich weiß nicht. Ich habe heute Pech. *Für sich* Ich werde den Kerl noch zu meinem Finanzminister machen.

DER ENGEL Du wirst diesem Bettler aus Ninive gehören, liebe Kurrubi.

KURRUBI Wie ich mich freue. Ich liebe ihn. Er ist so hilflos.

Von links kommt ein jüngerer Mann mit fürchterlichem Haar- und Bartwuchs, überreicht Akki eine Tontafel und erhält ein Goldstück, worauf er nach links abgeht.

NEBUKADNEZAR *verwundert* Wer war denn das?
AKKI Ein babylonischer Dichter. Er bekam ein Honorar.

Akki wirft die Tontafel ins Orchester.

Von rechts schleppen drei Soldaten den gefangenen Nimrod herein. Er ist im Königskleid, genau wie Nebukadnezar zu Beginn gekleidet.

NEBUKADNEZAR *erleuchtet* Es mag sein, daß ich das profane Betteln verlernt habe. In Ninive geb ich mich dem Kunstbetteln hin. Dort schleppen Soldaten einen Staatsgefangenen herbei, dessen Übeltaten die Welt an den Rand des Abgrunds brachten, wie die Historiker einmütig feststellen. Wer den erbettelt, hat den Zweikampf gewonnen.
AKKI *reibt sich die Hände* Einverstanden. Eine kleine, aber saubere Kunstbettelaufgabe.
ERSTER SOLDAT Wir schleppen herbei, überwältigt und gebunden, Nimrod, der einst König dieser Welt war.
NIMROD Seht, ihr Bettler, wie mich die eigenen Soldaten gefesselt haben und wie das Blut, ob ihren Schlägen, aus meinem Rücken dringt! Ich verließ den Thron, den Aufstand des Herzogs von Lamasch niederzuschlagen, und wer setzt sich auf ihn? Mein Schemel!
NEBUKADNEZAR Der war eben geistesgegenwärtig.
NIMROD Jetzt bin ich unten, doch werde ich wieder nach oben steigen, jetzt ist Nebukadnezar oben, doch wird er wieder nach unten fallen.

NEBUKADNEZAR Das wird nie geschehen.

NIMROD Das ist immer geschehen, seit Tausenden von Jahren. Mich dürstet.

Kurrubi schöpft mit beiden Händen Wasser aus dem Euphrat und gibt ihm zu trinken.

NIMROD Das schmutzige Wasser des Stromes Euphrat schmeckt besser aus deinen Händen denn der Wein der Könige Babylons.

KURRUBI *schüchtern* Willst du noch mehr trinken?

NIMROD Meine Lippen sind naß, das genügt. Nimm dies zum Dank, Kind eines Bettlers: Wenn Soldaten dich nehmen wollen, schlag ihnen zwischen die Beine.

KURRUBI *entsetzt* Warum sagst du das?

NIMROD Kein König vermag dir mehr zu geben, Mädchen. In dieser Welt kannst du nichts Besseres wissen, als wie man Hunde behandelt.

ERSTER SOLDAT Stopft dem Exkönig das Maul.

KURRUBI *weinend zum Engel* Hörtest du, was er sprach, mein Engel?

DER ENGEL Erschrick nicht über seine Worte, mein Kind. Wenn du siehst, wie eben die ersten Strahlen eines unbekannten Gestirns den Euphrat berühren, erkennst du, daß die Welt vollkommen ist.

Auf einen Augenblick hin durchbricht die Sonne die sich langsam verdichtenden Morgennebel.

ERSTER SOLDAT Schleppt den Exkönig weiter.

NEBUKADNEZAR He!

ERSTER SOLDAT Was will der Kerl?

NEBUKADNEZAR Kommt her.

DIE SOLDATEN Nu?

NEBUKADNEZAR Beugt euch zu mir nieder, ich habe euch etwas zu sagen.

DIE SOLDATEN *neigen sich zu ihm nieder* Na?

NEBUKADNEZAR *leise* Wißt ihr, wer ich bin?

DIE SOLDATEN Nö.

NEBUKADNEZAR *leise* Ich bin euer oberster Kriegsherr Nebukadnezar.

DIE SOLDATEN Hehe.

NEBUKADNEZAR Gehorcht, und ihr werdet zu Leutnants befördert.

ERSTER SOLDAT *hinterlistig* Was befehlen Eure Gnaden?

NEBUKADNEZAR Ihr übergebt mir den Exkönig.

ERSTER SOLDAT Wie Hoheit befehlen.

Sie schlagen Nebukadnezar mit den Schwertknäufen nieder. Im Hintergrund springt der Urgeneral mit gezücktem Schwert hervor, wird jedoch vom Erzminister zurückgerissen.

ERSTER SOLDAT So'n Trottel!

KURRUBI Oh!

DER ENGEL Bleibe ruhig, mein Kind. Ein simpler Unfall, was nichts ausmacht bei der Harmonie der Dinge.

AKKI Was schmettert ihr diesen braven Bettler aus Ninive zusammen, Soldaten?

ERSTER SOLDAT Der Kerl behauptete, er sei der König Nebukadnezar.

AKKI Lebt deine Mutter noch?

ERSTER SOLDAT *verwundert* In Uruk.

AKKI Dein Vater?

ERSTER SOLDAT Gestorben.

AKKI Bist du verheiratet?

ERSTER SOLDAT Nö.

AKKI Hast du eine Braut?

ERSTER SOLDAT Durchgebrannt.

AKKI Dann wird nur deine Mutter um dich zu trauern haben.

ERSTER SOLDAT *verständnislos* He?

AKKI Dein Name?

ERSTER SOLDAT Mumabitu, Soldat in König Nebukadnezars Heer.

AKKI Früh wird dein Kopf in den Sand rollen, Mumabitu, früh wird euer Fleisch den Geiern ein Fraß und eure Knochen den Hunden eine Lust sein, Soldaten des Königs.

DIE SOLDATEN Wieso?

AKKI Neigt eure Köpfe zu mir nieder, bald werdet ihr es nicht mehr können.

DIE SOLDATEN *neigen sich zu Akki nieder* Na?

AKKI Wißt ihr, wen ihr niedergeschlagen habt?

ERSTER SOLDAT Einen Lügenbettler, der uns weismachen wollte, er sei Nebukadnezar, der König.

AKKI Er sprach die Wahrheit. Ihr habt Nebukadnezar, den König, niedergeschlagen.

ERSTER SOLDAT Das willst du uns aufbinden?

AKKI Ihr habt wohl nie von der Gewohnheit der Könige gehört, als Bettler verkleidet am Ufer des Euphrat zu sitzen und Volksleben zu studieren?

DIE SOLDATEN Nie.

AKKI Ganz Babylon weiß das.

ERSTER SOLDAT Ich komme von Uruk.

ZWEITER Von Ur.

DRITTER Von Lamasch.

AKKI Und nun müßt ihr in Babylon sterben.

ERSTER SOLDAT *schielt ängstlich zu Nebukadnezar hinüber* So'n Pech.

ZWEITER So'n verfluchtes Pech.

DRITTER Er röchelt.

AKKI Nebi ist für seine grausamen und speziellen Todesstrafen bekannt. Lugalzagisi, den Statthalter von Akkad, hat er der heiligen Riesenschlange vorgeworfen.

ERSTER SOLDAT Nebi?

AKKI Nebukadnezar ist mein bester Freund. Ich bin der Erzminister Chamurapi, ebenfalls als Bettler verkleidet und Volksleben studierend.

Nun will im Hintergrund der Erzminister vorstürzen, wird aber vom Urgeneral zurückgerissen.

DIE SOLDATEN *nehmen Stellung an* Exzellenz!

AKKI *vornehm* Was wollt ihr noch?

ERSTER SOLDAT *entsetzt* Er seufzt!

ZWEITER Er stöhnt!

DRITTER Er bewegt sich!

AKKI Hoheit erwacht.

DIE SOLDATEN *fallen verzweifelt auf die Knie* Hilfe, Erzminister, Hilfe!

AKKI Was wollte seine Herrlichkeit von euch?

ERSTER SOLDAT Er befahl, den Exkönig herzugeben.

AKKI Dann gebt ihn her. Euch sollen nur die Ohren abgeschnitten werden, will ich verfügen.

DIE SOLDATEN *voll Grauen* Die Ohren?

AKKI Ihr habt schließlich Majestät niedergeschlagen.

ERSTER SOLDAT *demütig* Hier haben Sie den Exkönig,

Exzellenz. Er ist gefesselt und hat sein Maul gestopft, daß er Sie nicht belästigt mit seinem Gerede. *Er wirft Nimrod neben Akki zu Boden.*

AKKI Nun rennt um euer Leben. Majestät erhebt sich!

Die Soldaten rennen davon, und Nebukadnezar richtet sich mühsam auf.

AKKI *großartig* Sieh diesen wackeren Exkönig, den ich erbettelt habe.

DER ENGEL *freudig* Du hast den Bettlerzweikampf gewonnen, Akki von Babylon.

KURRUBI Die Erde ist schön, mein Engel. Ich darf dem Bettler gehören, den ich liebe.

NEBUKADNEZAR *dumpf* Die Soldaten waren Flegel. Wie hast du das gemacht?

AKKI Ganz einfach. Ich gab dich als König von Babylon aus.

NEBUKADNEZAR Das habe ich doch auch getan.

AKKI Siehst du, das war der Fehler. Du mußt nie von dir behaupten, du seist der König, das wirkt unglaubhaft, sondern immer von einem anderen.

NEBUKADNEZAR *düster* Du hast mich besiegt.

AKKI Ein schlechter Bettler bist du, Mann aus Ninive. Du mühst dich ab, ohne etwas zu erreichen.

NEBUKADNEZAR *erschöpft* Der Sinn dieses schäbigen Berufs ist das Abmühen, das Abrackern.

AKKI Wie wenig verstehst du von den Bettlern. Geheime Lehrer sind wir, Erzieher der Völker. Wir gehen in Fetzen, der Erbärmlichkeit des Menschen zuliebe, gehorchen keinem Gesetz, die Freiheit zu verherrlichen. Wir essen gierig wie Wölfe, trinken wie Schlemmer, den schrecklichen Hunger zu offenbaren, den verzehrenden Durst, der in der Armut liegt, und die Brückenbogen, unter denen wir schlafen, füllen wir mit dem Hausrat verschollener Reiche, damit deutlich werde, daß alles beim Bettler mündet im Sinken der Zeit. So kehre nun nach Ninive zurück und bettle besser, weiser denn zuvor. Und du, Bettler aus der Fremde: Handle, wie du gesehen hast, und das Dorf jenseits des Libanon gehört dir.

Von rechts kommen Hetäre und Magd vom Markt zurück.

TABTUM *zu Akki* Hier hast du vier Goldstücke. *Sie gibt ihm vier Goldstücke.*
AKKI Gewaltig, junge Dame, hat sich deine Wohltätigkeit entwickelt. Ich werde es der Madame Chamurapi erzählen.
TABTUM *eifersüchtig* Du gehst zur Chamurapi?
AKKI Ich bin zum Morgenessen eingeladen.

Hinten taucht zornig der Erzminister auf.

TABTUM Was gibt es dort?
AKKI Was man so ißt bei Erzministern. Gesalzene Fische aus dem Roten Meer, Edamer Käse und Zwiebeln.
TABTUM Bei mir gibt es Tigrishecht.
AKKI *springt auf* Tigrishecht?
TABTUM Mit einer Buttersauce und frischen Radieschen.
AKKI Mit einer Buttersauce.
TABTUM Hähnchen nach Sumerer Art.
AKKI Hähnchen.

TABTUM Dazu Reis und einen Libanoner zum Trinken.
AKKI Ein Bettleressen!
TABTUM Du bist eingeladen.
AKKI Ich komme mit dir. Deinen Arm, Wunderschöne. Die Chamurapi mag warten mit ihrer bürgerlichen Kost.

Er geht mit Tabtum und der Magd nach links, Nimrod mit sich schleppend. Der Erzminister ballt die Fäuste und verschwindet.

DER ENGEL *erhebt sich* Da dieser erstaunliche Mensch von uns gegangen ist, ist die Zeit gekommen, mich zu offenbaren.

Er wirft Bettlerkleid und Bart von sich und steht als wunderbarer, farbiger Engel da.
Nebukadnezar fällt auf die Knie und bedeckt sein Gesicht.

NEBUKADNEZAR Dein Antlitz blendet mich, das Feuer deines Gewandes verbrennt mich, die Gewalt deiner Schwingen schmettert mich auf die Knie.
DER ENGEL Ich bin ein Engel Gottes.
NEBUKADNEZAR Was willst du, Erhabener?
DER ENGEL Ich bin vom Himmel her zu dir gekommen.
NEBUKADNEZAR Warum bist du zu mir gekommen, Engel? Was willst du von einem Bettler aus Ninive? Geh, Bote Gottes, zu Nebukadnezar, dem König. Er ist allein würdig, dich zu empfangen.
DER ENGEL Könige, o Bettler Anaschamaschtaklaku, interessieren den Himmel nicht. Je ärmer hingegen

ein Mensch ist, desto wohlgefälliger wird er dem Himmel.

NEBUKADNEZAR *erstaunt* Wieso?

DER ENGEL *denkt nach* Keine Ahnung. *Denkt weiter nach* Eigentlich ist es merkwürdig. *Entschuldigend* Ich bin kein Anthropologe. Ich bin Physiker. Meine Spezialität sind Sonnen. Hauptsächlich Rote Riesen. Ich habe den Auftrag, zum geringsten der Menschen zu gehen, aber keine Fähigkeit, den Grund des Himmels zu wissen. *Erleuchtet* Vielleicht ist es so, daß, je ärmer ein Mensch ist, desto mächtiger die Vollkommenheit aus ihm hervorbricht, die in der Natur ist.

Aus dem Hintergrund taucht Utnapischtim auf, mit erhobenem Finger, wie ein Schüler, der etwas sagen möchte.

NEBUKADNEZAR Du glaubst, daß ich der geringste der Menschen bin?

DER ENGEL Absolut.

NEBUKADNEZAR Der ärmste?

DER ENGEL Der allerärmste.

NEBUKADNEZAR Und was hast du mir zu überbringen?

DER ENGEL Unerhörtes, Einmaliges: Die Gnade des Himmels.

NEBUKADNEZAR Zeige mir diese Gnade.

DER ENGEL Kurrubi.

KURRUBI Mein Engel?

DER ENGEL Komm her, Kurrubi! Komm her, von Gottes Hand Erschaffene! Stell dich vor den ärmsten der Menschen, vor den Bettler Anaschamaschtaklaku aus Ninive.

Sie stellt sich vor Nebukadnezar, der Engel enthüllt sie. Nebukadnezar verhüllt mit einem Schrei sein Antlitz. Utnapischtim verzieht sich vor Schreck.

DER ENGEL *freudig* Nun? Eine wackere Gnade des Himmels, eine prächtige Gnade, nicht wahr, mein Bettler aus Ninive?

NEBUKADNEZAR Ihre Schönheit, Bote Gottes, übertrifft deine Majestät. Nur Schatten bist du vor ihrem Schein, nur Nacht bin ich vor ihrem Glanz.

DER ENGEL Ein schönes Mädchen! Ein gutes Mädchen! Eben diese Nacht aus dem Nichts erschaffen.

NEBUKADNEZAR *verzweifelt* Sie ist nicht für mich, den armen Bettler aus Ninive! Sie ist nicht für diesen unwürdigen Leib. Geh, sie ist nicht für mich, Engel, geh zu König Nebukadnezar, geh!

DER ENGEL Ausgeschlossen.

NEBUKADNEZAR *flehend* Der König allein ist würdig, diese Reine, diese Erhabene zu empfangen. Er wird sie in Seide kleiden, er wird kostbare Teppiche zu ihren Füßen breiten und eine goldene Krone auf ihr Haupt senken!

DER ENGEL Er bekommt sie nicht.

NEBUKADNEZAR *bitter* So willst du diese Heilige dem letzten der Bettler überlassen?

DER ENGEL Der Himmel weiß, was er tut. Nimm sie. Ein gutes Mädchen, ein frommes Mädchen.

NEBUKADNEZAR *verzweifelt* Was soll denn ein Bettler mit ihr tun?

DER ENGEL Bin ich ein Mensch, der eure Bräuche kennt? *Er denkt nach.* Kurrubi!

KURRUBI Mein Engel?

DER ENGEL Hast du gesehen, was der erstaunliche Bettler Akki vollbrachte?

KURRUBI Alles, mein Engel.

DER ENGEL So handle wie er. Du gehörst diesem Bettler aus Ninive und sollst ihm helfen, ein ebenso tüchtiger Bettler wie Akki zu werden. *Zu Nebukadnezar* Sie wird dir betteln helfen, Anaschamaschtaklaku.

NEBUKADNEZAR *entsetzt* Dieses Kleinod von einer Gnade soll betteln?

DER ENGEL Ich kann mir kaum denken, daß der Himmel anderes mit ihr im Sinne hat, wenn er sie schon einem Bettler schenkt.

NEBUKADNEZAR An Nebukadnezars Seite würde sie die Welt regieren, an meiner bettelt sie!

DER ENGEL Du mußt nun einmal lernen, daß das Weltregieren dem Himmel zukommt und das Betteln dem Menschen. Bettelt daher fleißig weiter. Doch alles mit Anstand. Nicht zuviel und nicht zuwenig. Wenn ihr euch auf einen soliden Mittelstand hinaufbettelt, ist es genügend. Lebt wohl.

KURRUBI *erschrocken* Du willst mich verlassen, mein Engel?

DER ENGEL Ich gehe, mein Kind. Ich habe dich zu den Menschen gebracht, und nun entschwebe ich.

KURRUBI Ich kenne sie noch nicht.

DER ENGEL Kenne ich sie, mein Kind? An mir ist es, die Menschen zu verlassen, und an dir, bei ihnen zu bleiben. Wir müssen beide gehorsam sein. Lebe wohl, mein Kind Kurrubi, lebe wohl.

KURRUBI Bleib, mein Engel.

DER ENGEL *entbreitet die Schwingen* Unmöglich. Ich habe schließlich noch einen Beruf. Ich muß die Erde untersuchen. Ich eile zu messen, zu schürfen, zu sammeln, neue Wunder zu entdecken in der Erhabenheit des Alls, denn die Materie, mein Kind, habe ich bis jetzt nur im gasförmigen Zustand kennengelernt.

KURRUBI *verzweifelt* Bleib, mein Engel, bleib!

DER ENGEL Ich entschwebe! Ich entschwebe im Silber des Morgens. Sanft ansteigend, in immer weiteren Bogen Babylon umkreisend, entschwinde ich, eine kleine, weiße Wolke, die im Licht des Himmels zerflattert. *Der Engel entschwebt, das Bettlergewand und den roten Bart sorgfältig um den Arm gelegt.*

KURRUBI Bleib, mein Engel.

DER ENGEL *von ferne* Lebe wohl, Kurrubi, mein Kind, lebe wohl! *Verschwindend* Lebe wohl.

KURRUBI *leise* Bleib! Bleib!

Nebukadnezar und Kurrubi stehen sich allein gegenüber im Silber des Morgens.

KURRUBI *leise* Er ist entschwunden.

NEBUKADNEZAR Er ging ein in seine Herrlichkeit.

KURRUBI Nun bin ich bei dir.

NEBUKADNEZAR Nun bist du bei mir.

KURRUBI Ich friere im Nebel dieses Morgens.

NEBUKADNEZAR Trockne deine Tränen.

KURRUBI Weinen die Menschen denn nicht, wenn ein Engel des Himmels von ihnen geht?

NEBUKADNEZAR Gewiß.

KURRUBI *studiert aufmerksam sein Antlitz* Ich sehe keine Träne in deinen Augen.

NEBUKADNEZAR Wir haben das Weinen verlernt und das Fluchen gelernt.

Kurrubi weicht zurück.

NEBUKADNEZAR Du fürchtest dich?
KURRUBI Ich zittere am ganzen Leib.
NEBUKADNEZAR Entsetze dich nicht vor den Menschen, entsetze dich vor Gott: Er schuf uns nach seinem Bilde. Alles ist seine Tat.
KURRUBI Seine Taten sind gut. Ich war geborgen in seiner Hand, ich war nahe seinem Antlitz.
NEBUKADNEZAR Und nun warf er sein Spielzeug mir in den Schoß, dem geringsten und lumpigsten Geschöpf, das er auftreiben konnte in seinem All, dem Bettler Anaschamaschtaklaku aus Ninive. Von den Sternen hergekommen, stehst du mir gegenüber. Deine Augen, dein Gesicht und dein Leib offenbaren die Schönheit des Himmels, doch was nützt die himmlische Vollkommenheit dem ärmsten der Menschen auf dieser unvollkommenen Erde? Wann lernt der Himmel, jedem zu geben, was er braucht? Die Armen und Machtlosen drängen sich aneinander wie Schafe und hungern, der Mächtige ist satt, doch einsam. Der Bettler hungert nach Brot, so soll der Himmel ihm Brot geben. Nebukadnezar hungert nach einem Menschen, so soll ihm der Himmel dich geben. Warum kennt der Himmel die Einsamkeit Nebukadnezars nicht? Warum verspottet er mit dir zugleich mich, den Bettler, und Nebukadnezar, den König?
KURRUBI *nachdenklich* Ich habe eine schwere Aufgabe bekommen.
NEBUKADNEZAR Was ist deine Aufgabe?
KURRUBI Für dich zu sorgen, für dich zu betteln.
NEBUKADNEZAR Du liebst mich?

KURRUBI Dich gebar ein Weib, daß du mich liebst in Ewigkeit, und ich wurde aus dem Nichts erschaffen, daß ich dich liebe in Ewigkeit.

NEBUKADNEZAR Mein Leib unter meinem Mantel ist weiß wie Schnee vor Aussatz.

KURRUBI Ich liebe dich aber.

NEBUKADNEZAR Die Menschen werden ob deiner Liebe mit Wolfszähnen nach dir schnappen.

KURRUBI Ich liebe dich aber.

NEBUKADNEZAR In die Wüste wird man dich treiben. Im roten Sand unter einer gleißenden Sonne wirst du verenden.

KURRUBI Ich liebe dich aber.

NEBUKADNEZAR Dann küsse mich, wenn du mich liebst.

KURRUBI Ich küsse dich.

NEBUKADNEZAR *schlägt Kurrubi zu Boden, als sie ihn geküßt hat, und tritt sie mit Füßen* So schlage ich zu Boden, was ich mehr liebe denn je einen Menschen, so trete ich dich mit Füßen, du Gnade Gottes, von der meine Seligkeit abhängt. Da! Da! Dies sind die Küsse, die ich gebe, die Antwort auf deine Liebe. Der Himmel soll sehen, wie ein Bettler sein Geschenk behandelt, wie der geringste der Menschen mit dem verfährt, was König Nebukadnezar mit seiner Liebe und mit dem Golde Babylons überhäuft hätte!

Von links kommt Akki, den gefangenen Nimrod mit sich schleppend.

AKKI *verwundert* Was trittst du da auf diesem Mädchen herum, Bettler aus Ninive?

NEBUKADNEZAR *höhnisch* Ich traktiere die Gnade des

Himmels mit Füßen. Ein frisches Ding von einer Gnade, du kannst dich überzeugen, erst vergangene Nacht erschaffen, bestimmt für den erbärmlichsten der Menschen und mir von einem Engel persönlich überbracht. Willst du sie haben?

AKKI Erst vergangene Nacht erschaffen?

NEBUKADNEZAR Aus dem Nichts.

AKKI Dann wird es eine unpraktische Gnade sein.

NEBUKADNEZAR Dafür billig. Gegen deinen Gefangenen trete ich sie dir ab.

AKKI Der ist schließlich ein Exkönig.

NEBUKADNEZAR Ich gebe das Goldstück dazu, das ich erbettelt habe.

AKKI Und für seinen historischen Wert?

NEBUKADNEZAR Die zwei Silberlinge.

AKKI Ein schlechtes Geschäft.

NEBUKADNEZAR Nun, bist du mit dem Tausch einverstanden?

AKKI Nur, weil du ein besonders hilfloser Bettler bist. Da. *Er wirft ihm den Exkönig vor die Füße.* Und du, mein Mädchen, gehörst mir. Erhebe dich.

Kurrubi erhebt sich langsam mit gesenktem Haupt.

AKKI Ein Engel soll dich hergebracht haben. Ich bin ein Freund von Märchen, ich will das Unglaubliche glauben und überall herumerzählen, die beste Propaganda für meine Bettelei. Ich stütze mich auf dich, aus dem Nichts Erschaffene. Der Libanoner machte mich wankend ein wenig, schwankend ein wenig. Du wirst die Erde nicht kennen, doch sei getrost, ich kenne sie. Dich schlug man einmal nieder, mich tausende Male.

Komm. Wir gehen auf den Anuplatz. Eine günstige Zeit, Markttag ist heute, ich wittere Beute. Wir wollen doch sehen, was wir erbetteln, du mit deiner Schönheit und ich mit meinem roten Bart, du mit Fußtritten bedeckt und ich von einem König verfolgt.

KURRUBI *leise* Ich liebe dich doch, mein Bettler aus Ninive.

Akki geht, auf Kurrubi gestützt, nach rechts hinaus.
Nebukadnezar steht mit dem gefesselten und geknebelten Nimrod zu seinen Füßen allein da.
Er reißt sich das Bettlergewand und den roten Bart ab, stampft darauf herum, steht dann in sich versunken, unbeweglich und düster. Aus dem Hintergrund schleicht zitternd das Gefolge herbei.

DER ERZMINISTER *bestürzt* Majestät!

NEBUKADNEZAR Eine Frist von zehn Tagen sei dem Bettler Akki gewährt, die höchsten Staatsstellen sind ihm offen, wird er Beamter, sonst schicke ich ihm meinen Henker. Und du General, führe das Heer jenseits des Libanon. Erobere diese lächerlichen Dörfer, Sparthen, Mosking, Karthagau und Paka, oder wie sie auch alle heißen. Wir jedoch kehren mit dem gefangenen Exkönig in unseren Palast zurück, die Menschheit weiter zu erziehen, müde und traurig, vom Himmel beleidigt.

Zweiter Akt

Den zweiten Akt lassen wir unter einer der Euphratbrücken spielen, im Herzen Babylons, Hochhäuser und Paläste schieben sich vor den unsichtbaren Himmel. Das Orchester stellt wieder den Strom dar, die Brücke wölbt sich von hinten über die Bühne, ist also im Querschnitt und von unten zu sehen. Hoch oben hört man den Verkehr der Riesenstadt. Das Rattern altbabylonischer Straßenbahnen, die melodischen Rufe der Sänftenträger. Links und rechts der Brücke führt eine schmale Treppe zum Euphratufer hinunter. Akkis Wohnung ist ein wildes Durcheinander der verschiedensten Gegenstände aller Zeiten. Sarkophage, Negergötzen, alte Königsthrone, babylonische Fahrräder und Autopneus und so weiter, versunken in legendärem Schmutz, vermodert, unter Bergen von Staub. Über diesem Wirrwarr, in der Mitte des aufstrebenden Brückenbogens, das Relief eines Gilgameschkopfes. Daneben halbzerrissene Bettlerplakate, überklebt mit weißen Streifen: ›Heute letzter Termin‹. Rechts außen, nicht mehr von der Brücke überwölbt, eine Kochstelle mit einem Kessel. Der Boden roter Sand, bedeckt mit Konservenbüchsen, Dichtermanuskripten. Überall hängen vollgedichtete Pergamente und Tontafeln herum, kurz, die Personen scheinen sich auf einem riesenhaften Abfallhaufen zu bewegen. Vorne rechts baden einige krächzende, vermummte Gestalten im Euphrat, links schlafen zwei verdreckte babylonische Kriminelle,

Zeitlicher Gegensatz Antike - Moderne
→ Verfremdung

Omar der Taschendieb und Yussuf der Einbrecher, auf einem Sarkophag. Akki und Kurrubi treten von links auf, beide in zerrissenen Kleidern. Akki trägt einen Sack auf dem Buckel.

AKKI Verzieht euch, ihr Gelichter, ihr habt eure Einbrüche nicht auf meinem Sarkophag auszuschlafen.

Omar und Yussuf huschen davon.

AKKI Taucht eure Leiber weiter unten in die schmutzigen Wellen, ihr weißgefleckten Raben. Unnütz ist euer Gekrächz.

Die vermummten Gestalten verziehen sich.

KURRUBI Wer sind diese Gestalten?

AKKI Aussätzige, die im Euphrat Hoffnung suchen.

KURRUBI Die Erde ist anders, als der Engel glaubt. Mit jedem Schritt, den ich mache, wächst die Ungerechtigkeit, die Krankheit, die Verzweiflung um mich her. Die Menschen sind unglücklich.

AKKI Hauptsache, daß sie gute Kunden sind. Da. Wir haben wieder einmal einen gewaltigen Haufen zusammengebettelt. Eine Mittagspause, und dann nehmen wir in den hängenden Gärten unser Metier wieder auf. *Er stellt den Sack auf den Boden.*

KURRUBI Ja, mein Akki.

AKKI Fortschritte hast du gemacht. Ich bin zufrieden. Nur eines ist zu rügen: Du lächelst, wenn dir jemand ein Geldstück zuwirft. Falsch. Ein trauriger Blick wirkt echter, erschütternder.

KURRUBI Ich will es mir merken.

AKKI Übe dich bis morgen. Verzweiflung macht sich am besten bezahlt. *Er nimmt Erbetteltes aus der Tasche.* Perlen, Edelsteine, Goldstücke, Silberlinge, Kupfermünzen – in den Euphrat damit. *Er wirft alles ins Orchester.* Die einzige Übung, sich bettlerisch auf der Höhe zu halten. Verschwendung ist alles. Millionen erbettelte ich, Millionen versenkte ich. Nur so wird die Welt vom Reichtum erleichtert. *Er sucht weiter in seinen Taschen.* Oliven. Das sind nützliche Gegenstände, Bananen, eine Büchse Sardinen, Schnaps und eine Liebesgöttin der Sumerer, aus Elfenbein. *Er betrachtet sie.* Doch die darfst du nicht sehen, sie ist nicht geschaffen für ein so junges Mädchen. *Er wirft die Liebesgöttin ins Innere des Brückenbogens.*

KURRUBI Ja, lieber Akki.

AKKI Ja, mein Akki, ja, lieber Akki, so geht das den ganzen Tag. Du bist betrübt.

KURRUBI Ich liebe den Bettler aus Ninive.

AKKI Dessen Namen du vergessen hast.

KURRUBI Es ist ein so schwieriger Name. Aber ich werde nicht aufhören, meinen Bettler zu suchen. Ich werde ihn finden, einmal, irgendwo. Am Tage, auf den Plätzen Babylons und auf den Stufen der Paläste denke ich an ihn, und wenn ich die Sterne sehe in der Nacht, hoch und fern, über den steinernen Straßen, suche ich sein Antlitz in all den Meeren ihres Lichts. Dann ist er nah, dann ist er bei mir. Dann liegt auch er auf der Erde, mein Geliebter, in einem Lande irgendwo, und erblickt mein Gesicht, groß und weiß, in der Sternenwolke, aus der ich niederstieg mit dem Engel.

AKKI Deine Liebe ist so hoffnungslos wie das ganze

Babylon. Zieh wie ich die Konsequenz: Da man nicht in dieser Stadt leben kann, habe ich beschlossen, von dieser Stadt zu leben, und bin ein Bettler geworden. Und so habe ich auch dich zusammengebettelt, wenn schon auf eine kuriose Weise. Du gehörst mir, mein Mädchen, schlag dir deinen Bettler aus Ninive aus dem Sinn. Wir befinden uns unter der besten Brücke Babylons, die ich habe finden können. Mein Appartement darf nicht durch den Gedanken an einen Mann entweiht werden, der in einer Stunde nur ein Goldstück und zwei Silberlinge erbettelte. *Stutzt* Was hängt denn da herum? Natürlich. Poeme. Die Dichter waren hier.

KURRUBI *freudig* Darf ich die Gedichte lesen?

AKKI Die babylonische Dichtkunst ist in einer so großen Krise, daß sich die Lektüre nicht empfiehlt. *Er nimmt ein Blatt und wirft es nach kurzer Betrachtung in den Euphrat.* Liebesgedichte. Nichts anderes, seit ich dich gegen den Exkönig eingetauscht habe. Koch eine Suppe, das ist besser. Hier, frisch gebetteltes Rindfleisch dazu.

KURRUBI Ja, mein Akki.

AKKI Ich dagegen will mich in meinen Lieblingssarkophag zurückziehen.

Er öffnet den Sarkophag in der Mitte der Bühne, fährt jedoch zurück, wie sich daraus ein Dichter erhebt.

AKKI *streng* Was machst du in diesem Sarkophag?

DICHTER Ich dichte.

AKKI Hier hast du nicht zu dichten. Das ist der Sarkophag der lieblichen Lilith, die einst meine Geliebte war, und in welchem ich die Sintflut überstanden habe.

Leicht wie ein Vogel trug er mich über die regnerischen Meere.

DICHTER Verzeiht, doch da ich an unserem Nationalepos Gilgamesch dichte und sich in diesem Sarkophag besonders leicht meditieren läßt, habe ich mich hierher zurückgezogen. Ich bin gerade bei der Szene mit dem gewaltigen Himmelsstier Chumbaba.

AKKI *streng* Was geschieht denn mit diesem Himmelsstier?

DICHTER Er wird ausgerottet.

AKKI Wenn ich von einem Epos überzeugt bin, daß es nie zur Nachwelt gelangt, dann von diesem Gilgameschgedicht. Den Himmelsstier ausrotten. Eine produktive Kraft! Hätte den unser Nationalheld gezähmt, kein Mensch brauchte zu arbeiten, der Himmelsstier bewältigte alles mit seinen Muskeln. Marsch, dichte anderswo weiter! Da, noch einige Zwiebeln.

Er wirft Kurrubi noch einige Zwiebeln zu und legt sich in den Sarkophag. Der Dichter verzieht sich. Kurrubi kocht. Auf der Treppe links kommt der Polizist Nebo herunter, wischt sich den Schweiß ab.

DER POLIZIST Ein heißer Tag, Bettler Akki, ein strenger Tag.

AKKI Sei gegrüßt, Polizist Nebo. Ich würde mich gern zu deinen Ehren erheben, denn ich habe einen Heidenrespekt vor der Polizei, doch muß ich meinen Rücken noch etwas schonen. Du hast mich bei meinem letzten Besuch auf dem Wachtposten mit glühenden Zangen gezwackt und meine Knochen mit ziemlichen Gewichten belastet.

DER POLIZIST Ich habe strikte nach den Vorschriften gehandelt, die Erziehung widerspenstiger Bettler zu ordentlichen Staatsbeamten betreffend, und wollte nur dein Bestes.

AKKI Das war lieb von dir. Darf ich dir den Sarkophag eines übereifrigen Polizisten anbieten?

DER POLIZIST Ich ziehe vor, mich auf diesen Stein zu setzen. *Er setzt sich.* Sarkophage stimmen mich traurig.

AKKI Es ist der Thron des letzten Häuptlings der Höhlenbewohner. Ich habe ihn von seiner Witwe. Nimm einen Schluck Roten aus Chaldäa.

Er nimmt eine Flasche aus seinem Mantel und gibt sie dem Polizisten.
Der Polizist trinkt.

DER POLIZIST Danke schön. Ich bin erschöpft. Die Strapazen meines Berufes steigern sich von Tag zu Tag. Ich mußte eben die Schulbücher einsammeln und die Geographen und Astronomen verhaften.

AKKI Was haben denn die verbrochen?

DER POLIZIST Die Welt erwies sich größer als ihre Berechnungen. Jenseits des Libanon befinden sich noch einige Dörfer. Auch die Wissenschaft hat vollkommen zu sein in unserem Staat.

AKKI Der Anfang vom Ende.

DER POLIZIST Nun rückt das Heer aus, diese Dörfer zu erobern.

AKKI Die ganze Nacht rollte es über die Gilgameschbrücke gen Norden. Ich wittere einen allgemeinen Zusammenbruch.

DER POLIZIST Als Beamter habe ich nur zu gehorchen, nicht nachzudenken.

AKKI Je vollkommener ein Staat ist, desto dümmere Beamte braucht er.

DER POLIZIST Sagst du jetzt. Bist du jedoch einmal Beamter, wirst du unseren Staat bewundern lernen. Ein Licht über seine Vortrefflichkeit wird dir aufgehen.

AKKI Ach so. Deshalb bist du gekommen. Du willst die Erziehung zu einem Staatsbeamten an mir fortsetzen.

DER POLIZIST Ich lasse nicht locker.

AKKI Das habe ich auf der Polizeiwache bemerkt.

DER POLIZIST Ich bin amtlich hier.

AKKI Ich habe auch so das Gefühl.

DER POLIZIST *nimmt ein Büchlein hervor* Heute ist der letzte Termin.

AKKI Wirklich?

DER POLIZIST Du hast auf dem Anuplatz gebettelt.

AKKI Aus Versehen.

DER POLIZIST Ich habe eine Neuigkeit für dich.

AKKI Eine neue Folterzange?

DER POLIZIST Eine neue Bestimmung. In Anerkennung deiner Fähigkeiten bist du zum Chef des Amtes für Betreibung und Konkurs ernannt worden, auch interessiert sich das Finanzministerium für dich, man munkelt amtlicherseits von einer beachtlichen Karriere.

AKKI Karrieren, Polizist Nebo, interessieren mich nicht.

DER POLIZIST Du weigerst dich, den hohen Posten anzunehmen?

AKKI Ich ziehe vor, freischaffender Künstler zu bleiben.

DER POLIZIST Du willst weiterbetteln?

AKKI Mein Beruf.

DER POLIZIST *steckt sein Büchlein wieder ein* Schlimm, das ist schlimm.

AKKI *will sich erheben* Bitte, Polizist Nebo. Du kannst mich wieder auf den Polizeiposten führen.

DER POLIZIST Nicht nötig. Der Henker wird kommen.

Stille. Akki greift sich unwillkürlich an den Hals. Dann beginnt er den Polizisten auszuforschen.

AKKI Der kleine dicke?

DER POLIZIST Aber nein. Ein großer, hagerer ist in unserem Lande tätig, ein Meister seines Fachs. Es ist eine wahre Lust, ihm zuzuschauen. Technisch hinreißend.

AKKI Du meinst den berühmten Vegetarier?

DER POLIZIST *kopfschüttelnd* Nimm mir's nicht übel, in der Henkerei bist du ein Stümper. Du verwechselst ihn mit dem Henker von Ninive, der unsrige liebt gute Bücher.

AKKI *erleichtert* Der Mann ist in Ordnung.

DER POLIZIST Er ist auf dem Weg zu dir.

AKKI Es wird mich freuen, ihn kennenzulernen.

DER POLIZIST Es wird ernst, Bettler Akki, ich warne dich! Er wird dich henken, wenn er dich nicht in den Staatsdienst eingetreten findet.

AKKI Ich stehe ihm zur Verfügung.

KURRUBI *erschrocken* Sie wollen dich töten?

AKKI Kein Grund, sich aufzuregen, mein Mädchen. Ich bin so oft bedroht worden in den Stürmen meiner Laufbahn, daß es mir nichts mehr ausmacht.

Die Sarkophage öffnen sich, Dichter schnellen empor, kriechen unter allen möglichen Dingen hervor.

EINER Ein neues Thema!

EIN ANDERER Ein gewaltiges Thema!

EIN DRITTER Welcher Stoff!

EIN VIERTER Welche Möglichkeit!

ALLE Erzähle, Bettler, erzähle!

AKKI So hört die Makame meines Lebens: In jungen Jahren, vor viel tausend Jahren, wie ich unerfahren, war ich eines Kaufmanns Sohn. Mein Vater in goldenem Kleide, meine Mutter in Silbergeschmeide, das Haus voll Teppich, Sammet und Seide. Das Silber wird schwarz, das Gold rollt davon, da rollte es schon: In Babylon fraß alles die Firma Enggibi und Sohn. Schon brannte der Vater, die Mutter schon, auf der Scheiterbeige, es kam keiner davon.

DIE DICHTER Es kam keiner davon.

AKKI Ein Prophet kam, aus dem Bergland Elam, der mich zu sich nahm; und er hielt mich wie einen Sohn. Lag Tag und Nacht vor dem Altar, brachte den Göttern Opfer dar, in Fetzen gehüllt und Asche im Haar. Die Religion wird schwarz, die Gnad' rollt davon, da rollte sie schon: In Babylon wechselte der Priesterthron. Schon brannte der Prophet, die Götter schon, auf der Scheiterbeige, es kam keiner davon.

DIE DICHTER Es kam keiner davon.

AKKI Der mich nun aufzog, war General, gepanzert in Eisen, bewaffnet mit Stahl, und tat getreu, was der König befahl; nie war geehrter einer Mutter Sohn. Stach den Feind vom Roß, besaß ein Schloß, unermeßlich war sein rasselnder Troß. Die Ehre wird schwarz, das Amt rollt davon, da rollte es schon: In Babylon wechselte der Königsthron. Schon brannte der General, die Knappen schon, auf der Scheiterbeige, es kam keiner davon.

DIE DICHTER Es kam keiner davon.

AKKI Wie der Reiche verdarb und der Fromme starb, und auch der Starke den Tod erwarb, sagte sich meiner Mutter Sohn: Der Mensch sei wie Sand, Sand allein hält stand den Tritten der Schächer, der Henker im Land. Die Zeit wird schwarz, die Macht rollt davon, laß rollen sie schon: Von Babylon bleibt nur ein Bettler, bekränzt mit Mohn, und brennt sein Bart, sein Mantel schon, auf der Scheiterbeige, er kommt davon.

EIN DICHTER Die Makame deiner Liebesnacht mit der Prinzessin Thetis.

EIN ANDERER Wie du die Schatzkammer erbettelst.

EIN DRITTER Die Riesen Gog und Magog.

AKKI Nichts da. Ich habe Besuch. Kurrubi, koch weiter.

DER POLIZIST *verwundert, wie die Dichter verschwinden* Beim Himmel, deine Wohnung scheint voller Dichter zu sein.

AKKI In der Tat. Ich bin auch überrascht. Ich sollte vielleicht meinen Brückenbogen wieder einmal reinigen.

Der Polizist erhebt sich und wird feierlich.

DER POLIZIST Vielbesungener. Du bist entschlossen, dich henken zu lassen?

AKKI Ganz und gar.

DER POLIZIST Ein bitterer Vorsatz, doch habe ich ihn zu respektieren.

AKKI *verwundert* Was ist denn mit dir los, Polizist Nebo? Du bist so feierlich und verneigst dich ständig.

DER POLIZIST Die Frage, Erhabener, wird dich bewegen, ja verdüstern, was mit Kurrubi geschieht, wenn du nicht mehr bist. Auch ich bin in Sorge. Die Babylonier beneiden dich. Sie sind empört, daß Kurrubi in Armut lebt. Sie versuchen, dir das Mädchen zu entreißen. Fünf Personen hast du niedergeschlagen, die dich überfielen.

AKKI Sechs. Du vergissest den General, den ich über die Ischtarbrücke schmiß. Wie ein Komet sauste er in die nächtliche Tiefe.

DER POLIZIST *verneigt sich aufs neue* Das Mädchen braucht einen Beschützer, Erhabener. Nie sah ich ein schöneres Kind. Ganz Babylonien spricht von ihm, von Ur, von Uruk, aus Chaldäa und Uz, aus dem ganzen Reich wandern Leute herbei, es zu preisen. Die Stadt versinkt im Liebestaumel. Jeder denkt an Kurrubi, jeder träumt von ihr, jeder liebt sie. Drei Söhne höchsten Adels haben sich ihretwegen ertränkt. Die Häuser, die Gassen, die Plätze, die hängenden Gärten, die Gondeln auf dem Euphrat sind voll von Seufzern, voll von Gesängen, Bankiers fangen an zu dichten, Beamte zu komponieren.

Oben auf der Treppe rechts wird der Bankier Enggibi mit einer altbabylonischen Gitarre sichtbar.

ENGGIBI

Ein Mädchen stieg hernieder
Aus lichter Sternennacht
Auf unsre alte Erde,
Vom Engel hergebracht.

DER POLIZIST Siehst du!

ENGGIBI

Es war nicht für den König
Geschaffen aus dem Nichts,
Umflossen, nicht für Reiche,
Von Garben goldnen Lichts.

AKKI *verwundert* Der Bankier.

Oben auf der Treppe erscheint Ali ebenfalls mit einer Gitarre.

ALI

Der Bürger und der Händler
Verdienten nicht das Kind.
Der Himmel blieb unendlich
Und seine Gnade blind.

DER POLIZIST Noch einer.

AKKI Der Weinhändler Ali!

ENGGIBI Ich bin erstaunt, Weinhändler Ali. Du wendest mein Versmaß an.

ALI *würdig* Mein Versmaß, Bankier Enggibi, ich muß doch bitten, mein Versmaß.

Die Dichter tauchen auf.

DIE DICHTER Mein Versmaß! Mein Versmaß!

Sie verschwinden wieder.

AKKI Immer das gleiche. Beginnt einer zu dichten, schon wird er des Plagiats bezichtigt.

Der Polizist reißt entschlossen ein Gedicht aus der Uniform.

DER POLIZIST

Es hängt im Bettlerbarte,
Was unser Herz entbrennt,
Wie eine weiße Flocke
Vom Schnee des Demawend.

AKKI Polizist Nebo! Was fällt dir ein! Du hast mit dem Dichten aufzuräumen und es nicht zu vermehren.

Der Polizist rollt sein Gedicht verlegen zusammen, ist außerdem in der folgenden Rede durch das andauernde Geklimper des Bankiers und des Weinhändlers gestört.

DER POLIZIST Verzeih. Ein plötzlicher Drang. Ich bin sonst amusisch, doch wie letzte Nacht der Mond über den Euphrat stieg, gelb und groß, und ich an Kurrubi dachte – und auf einmal mußte ich mein Gedicht vortragen, wie alles um mich herum dichtete.

Von links kommen die zwei Arbeiter.

ERSTER ARBEITER Da ist der Bettler Akki, der ein Mädchen eingehandelt haben will, das von einem Engel gebracht wurde.

ZWEITER ARBEITER Alles Schwindel. Ich kenne die Engel. Die sind von den Priestern erfunden.

ALI Gab es je ein schöneres Mädchen? Woher soll es denn gekommen sein, wenn nicht vom Himmel?

ZWEITER ARBEITER Das müßte einmal die Polizei untersuchen.

DER POLIZIST Die Polizei findet keinen Grund, am Engel zu zweifeln, im Gegenteil. Gerade die Atheisten sind ihr seit jeher verdächtig vorgekommen.

ZWEITER ARBEITER Ein Kapitalist, wer diesem Bettler noch eine Kupfermünze schenkt. Er beutet das Mädchen nur aus!

ERSTER ARBEITER Jeden Abend schaufelt er seine Reichtümer in den Euphrat! Gold und Silber!

ZWEITER ARBEITER Dabei ernährt er nichts wie Dichter. Als ob wir etwa nicht auch dichten könnten.

AKKI *springt entsetzt aus dem Sarkophag* Bitte nicht!

Nun kommt die Hetäre Tabtum die Treppe herunter.

TABTUM Ein Skandal, eine Schande!

AKKI Sei gegrüßt, junge Dame.

Die Hetäre betastet Kurrubi, als wäre diese ein Pferd.

TABTUM Da ist nun die Person. Hat sie ein besseres Gebiß als irgendwer? Festere Schenkel? Einen schöneren Wuchs? So geschaffene Mädchen gibt es zu Tausenden und billig.

KURRUBI Du hast mich nicht anzurühren. Ich habe dir nichts getan.

TABTUM Du hast mir nichts getan? Nun höre mal einer die Unschuld! Und nicht anrühren soll ich das Lämmchen! Ich rühre dich an, darauf kannst du dich verlassen. Ganz Babylon machst du mir abspenstig und spielst die Zimperliche!

KURRUBI Ich mache dir niemanden abspenstig. Ich liebe meinen Bettler aus Ninive und nur ihn.

TABTUM Du liebst einen Bettler aus Ninive? Auf die Bankiers von Babylon hast du's abgesehen und nur auf die! *Sie will Kurrubi in die Haare, die zu Akki flüchtet.*

ERSTER ARBEITER Willst du vom Mädchen lassen, Hure!

ALI Die Worte, die das Kind vernehmen muß.

ENGGIBI Das Mädchen gehört in ein anderes Milieu.

TABTUM In ein anderes Milieu? So eine! Mein Milieu ist den Bankiers und Weinhändlern immer gut genug gewesen.

AKKI Was erzürnt dich, Wunderschöne?

TABTUM Gibt es ein diskreteres Haus als das meine? Habe ich nicht die schönsten Brüste Babylons?

AKKI Ich begreife nicht, was diese Organe mit Kurrubi zu tun haben.

TABTUM Ich gebe mir Mühe, schön und jung zu bleiben, esse Diät, nehme Bäder, lasse mich massieren, und der Erfolg? Kaum taucht diese Person auf, gehen meine Kunden dichten.

ENGGIBI *von oben rechts* Kurrubi erhebt uns!

ALI *von oben links* Begeistert uns.

ERSTER ARBEITER Nun wissen wir, wofür wir schuften.

ZWEITER ARBEITER Für einen Silberling die Woche.

DER POLIZIST Wir sind geistig geworden.

ALI, ENGGIBI, DIE ARBEITER, DER POLIZIST *gemeinsam, getragen und feierlich*

Nämlich uns erregt ein Feuer
Tief den Busen, kaum bemeistert.

AKKI Ich kann in meiner Wohnung keine Dichtungen mehr dulden!

DIE ANDEREN *zu denen noch die auftauchenden Dichter kommen*

Ach, der Mensch wird ungeheuer,
Wenn die Liebe ihn begeistert,
Sieht das Schöne, fühlt das Rechte,
Meidet, was nicht frommt, das Schlechte!

TABTUM Geistig seid ihr geworden? Das soll ich mir einbilden? Damit kommt mir die Kleine nicht. In meinem Beruf wird ehrlich gearbeitet.

Von rechts kommen die Frauen der beiden Arbeiter. Die Dichter verschwinden erschrocken.

ERSTE ARBEITERFRAU Unter der Gilgameschbrücke treibt sich mein Alter herum? In der verrufensten Gegend.

ERSTER ARBEITER Aber Mutti. Bin doch nur ganz zufällig vorbeigekommen, Mutti.

ZWEITE ARBEITERFRAU Und meiner ist auch da!

ZWEITER ARBEITER Geht's dich was an? Soll ich erzählen, was du mit dem Arbeitersekretär treibst?

ERSTE ARBEITERFRAU Da hat dieser Ziegelbrenner fünf Kinder und begibt sich in Lebensgefahr. Jeder weiß, daß ein Mann sterben muß, wenn er mit einem Teufelsmädchen schläft. Das ist Wissenschaft, ein Professor in Sodom hat es bewiesen.

TABTUM Von einem Teufel kommt sie, von einem Teufel.

ZWEITE ARBEITERFRAU Von der löwengesichtigen Labartu stammt das Mädchen. Wo das Gespenst eine Feder seiner Flügel in Kamelmist steckt, wächst ein Mädchen, in das sich jeder verlieben muß.

ZWEITER ARBEITER Das Gespenst Labartu, der Teufel und der Himmel sind von Priestern erfunden!

Der Eselmilchverkäufer Gimmil kommt die Treppe herunter.

GIMMIL Der Himmel straft Babylon, das ist deutlich, und er gibt seine Gnade einem Bettler. Warum? Weil der

Bettler Eselmilch trinkt und ihr Kuhmilch. Hoch der Bettler Akki! Hoch das Mädchen!

TABTUM Habe ich dir nicht Eselmilch abgekauft, darin zu baden? Und nun stehst du für das Mädchen ein!

ZWEITER ARBEITER Eselmilch? Dieser Bettler! Nach allen Schnäpsen und Weinen stinkt er.

ERSTER ARBEITER Die Krähen und Geier fallen betrunken vom Himmel, fressen die sein Fleisch.

ALI Meinen Weinkeller trank er aus!

ENGGIBI Dreihundert Goldstücke listete er mir ab.

TABTUM Sieben gab ich ihm!

DIE BEIDEN ARBEITERFRAUEN Die Stadt bettelt er leer.

ERSTER ARBEITER Ein Parasit!

ZWEITER ARBEITER Eine unsoziale Erscheinung.

DER POLIZIST *verneigt sich* Voll und ganz –

ENGGIBI Und was treibt er mit dem Mädchen?

ALI Es muß ihm kochen!

ERSTER ARBEITER Ihm und seinen Dichtern!

ALI Und wie es herumläuft!

ZWEITER ARBEITER Barfuß!

ENGGIBI In einem zerrissenen Kleid!

ERSTER UND ZWEITER ARBEITER Er lehrt es betteln, er lehrt es betteln!

ENGGIBI Höchste Zeit, daß er gehenkt wird.

ERSTER ARBEITER Der Henker des Königs wird kommen.

ALLE Der Henker!

Der Polizist wendet sich entschlossen zu Kurrubi, die bei Akki Zuflucht gefunden hat und neben dem Sarkophag kauert, in welchem er sitzt.

DER POLIZIST Mein Mädchen. Ich bin ein Nebo. Ich besitze ein Häuschen an der Libanonstraße. Ich werde auf Neujahr zum Wachtmeister befördert. Die Nebos haben immer gute Ehemänner abgegeben. Darf sagen, daß wir in unseren Kreisen in dieser Hinsicht einen gewissen Ruhm genießen. Du würdest glücklich sein. Es ist mein tiefster Wunsch, dich voll und ganz –

ERSTER ARBEITER *stürzt hinzu* Mein Mädchen. Ich bin ein Hassan. Es ist mein tiefster Wunsch, dich voll und ganz glücklich zu machen. Ich wohne fast auf dem Lande und besitze ein Schrebergärtchen. Mutti wird dir die gute Stube einrichten. Du wirst gesund leben, du wirst einfach leben, du wirst zufrieden leben.

ERSTE ARBEITERFRAU Er ist verrückt geworden.

ZWEITER ARBEITER *drängt sich heran* Mein Mädchen. Ich bin ein Sindbad. Du gehörst in ein gesundes Proletariermilieu. Meine Alte wird dir ebenfalls die gute Stube einrichten. Ich werde dich aufklären. Ich werde dir die Augen öffnen über die Umtriebe der Kapitalisten. Tag und Nacht werde ich dich für den heiligen Kampf der Arbeiterklasse vorbereiten!

ZWEITE ARBEITERFRAU Jetzt ist auch mein Alter übergeschnappt mit seinem ewigen Klassenkampf!

GIMMIL *fällt vor Kurrubi auf die Knie* Mein Mädchen. Ich bin ein Gimmil. Ich besitze ein Mietshaus im Euphratviertel. Wohne in der sechsten Etage, Lift und Aussicht auf die hängenden Gärten stehen zur Verfügung. Du wirst bürgerliche Luft atmen, aber du wirst glücklich atmen!

DIE FRAUEN Jagt sie aus der Stadt, jagt sie aus der Stadt!

Nun haben sich ihr auch Ali und Enggibi genähert.

ALI Mein Mädchen. Ich bin ein Ali, Besitzer der Alischen Weinhandlung, Eigentümer eines Stadthauses und einer Villa am Tigrisufer. Du brauchst vor allem einen Fels, mein Mädchen, einen Fels, an den du dich klammern kannst. Ich bin dieser Fels. An mich kannst du dich klammern. Es ist meine Überzeugung –

DIE DICHTER *tauchen auf* Kurrubi gehört zu uns, Kurrubi gehört zu uns.

ENGGIBI Mein Mädchen! Ich bin ein Enggibi, der Seniorchef des weltweiten Bankhauses Enggibi und Sohn, doch das ist nicht das Wichtigste. Meine Paläste, meine Aktien, meine Landgüter, all dies ist vergänglich. Wichtig ist, daß du ein Herz brauchst, ein mitfühlendes, lebendiges Menschenherz; in mir schlägt dieses Herz!

DIE FRAUEN Jagt sie aus der Stadt! Jagt sie aus der Stadt!

DIE DICHTER *gleichzeitig* Kurrubi gehört zu uns! Kurrubi gehört zu uns!

Riesenhaft angewachsener Tumult. Plötzlich sitzt der Engel auf dem Gilgameschkopf. Tannzapfen, Mohn im Haar, Sonnenblumen, Tannzweige usw. im Arm.

DER ENGEL Kurrubi, mein Kind Kurrubi!

ALLE *in höchstem Entsetzen* Ein Engel!

Sie stürzen alle außer Kurrubi zur Erde und suchen sich zu verbergen.

KURRUBI Engel, mein Engel!

DER ENGEL Ganz zufällig, mein Mädchen, erblickte ich dich in diesem fröhlichen Tumult, wie ich vorüberflog.

KURRUBI Hilf mir, mein Engel!

DER ENGEL Die Erde, mein Kind, welch lieblicher Fund, ich bin begeistert, beglückt. Erstaunen durchzittert mich, Wunder um Wunder durchglüht mich, Erkenntnis Gottes durchbebt mich. Ich kann nicht aufhören, zu studieren und zu untersuchen. Aufgeregt flattere ich hin und her, preisend, sammelnd, notierend, Tag und Nacht forsche ich, unablässig, unermüdlich. Und dabei bin ich noch nicht einmal in die Meere getaucht, in diese Wasser ringsumher. Ich kenne nur die mittleren Regionen und den Nordpol. Sieh, was ich dort gefunden habe: Gefrorenen Tau. *Er zeigt einen Eiszapfen.* Als Sonnenforscher habe ich nie auch nur annähernd etwas so Köstliches gefunden.

KURRUBI Der Bettler aus Ninive hat mich verlassen, mein Engel. Ich liebe ihn, und er hat mich verlassen.

DER ENGEL Verwirrung, mein Kind, nichts als Verwirrung. Nur Geduld, und er kommt wieder. Die Schönheit der Erde ist so über allem Maß, daß man ein wenig verwirrt wird dabei. Das ist natürlich. Wer könnte auch dieses zarte Blau über den Dingen ohne weiteres ertragen, den rötlichen Sand und das Silber des Bachs. Wer betet da nicht, wer erschauert da nicht. Und erst die Pflanzen und Tiere! Das Weiß der Lilie, der gelbe Löwe, die braune Gazelle. Sogar die Menschen sind verschieden gefärbt. Sieh nur dieses Wunder. *Er zeigt auf eine Sonnenblume.* Kommt so etwas auf dem Aldebaran vor, auf dem Kanopus, auf dem Ataïr?

KURRUBI Die Menschen stellen mir nach, mein Engel. Unglück brachte ich der Stadt Babylon. Tränen trägt der Euphrat ins Meer. Was ich auch finde, Liebe oder Haß, tötet mich.

DER ENGEL Wird sich klären, mein Mädchen, wird sich

klären, aufs schönste, aufs herrlichste. *Er entbreitet die Schwingen.*

KURRUBI Verlaß mich nicht, mein Engel! Steh mir bei! Hilf mit deiner göttlichen Kraft. Trag mich zu meinem Geliebten!

DER ENGEL Ich muß die Zeit nutzen hienieden. Nichts Unnötiges darf ich mir erlauben. Nur allzubald kehre ich auf den Andromedanebel zurück und krieche in Roten Riesen herum. Muß studieren, mein Mädchen, muß studieren. Neue Erkenntnisse gehen mir auf.

Über blaue Meere, Wälder,
Über Kontinente, Hügel,
Silberhell durch Wolkenfelder
Schweb ich, gleit ich, wie geblendet,
Hin mit sanft gespanntem Flügel,
Ganz der Erde zugewendet.

AKKI *müde* Jetzt fängt auch er an zu dichten.

DER ENGEL

Seh zu Blume, Tier gestaltet,
Was in Sternen formlos waltet.
Feuertrunken der Gesichte,
Sinke, steige ich im Lichte.

KURRUBI Bleib, mein Engel, bleib!

DER ENGEL Lebe wohl, Kurrubi, mein Kind, lebe wohl. *Entschwindend* Lebe wohl.

Kurrubi ist auf die Knie gesunken und bedeckt ihr Gesicht. Endlich erheben sich die Menschen, bleich und taumelnd.

DIE DICHTER *vorsichtig die Köpfe aus den Sarkophagen streckend* Es war also doch ein Engel.

GIMMIL *stotternd* Am heiterhellen Tag.

DER POLIZIST *sich den Schweiß abwischend* Und sitzt auf dem Kopf unseres Nationalhelden.

ERSTER ARBEITER *noch wie träumend* Ein prächtiger Bote Gottes.

ERSTE ARBEITERFRAU *ebenso* Voll ausgewachsen, mit farbigen Federn.

ZWEITER ARBEITER Wie eine riesige Fledermaus umflatterte er mein Haupt.

ENGGIBI Ich stifte eine Glocke: Die Enggibiglocke.

ALI Einen Freitisch für Theologen: Die Alistiftung.

DIE FRAUEN Wir gehen beichten.

DIE BEIDEN ARBEITER UND GIMMIL Wir treten auf der Stelle in die Landeskirche ein!

DER POLIZIST Zum Glück war ich immer kirchlich!

ENGGIBI Babylonier! Ein Engel schwebte hernieder. Die Stunde der Besinnung ist gekommen. Als Bankier, als Mann der kühlen Überlegung muß ich sagen: Die Zeiten sind bedenklich.

ERSTER ARBEITER Die Löhne werden schlechter!

GIMMIL Die Kuhmilch kommt auf!

ALI Der Weinkonsum geht zurück.

ENGGIBI Dazu kommen Mißernten.

ERSTE ARBEITERFRAU Erdbeben!

ZWEITER ARBEITER Heuschreckenschwärme.

ENGGIBI Eine unstabile Währung, letztes Jahr eine Pokkenepidemie und vorletztes Jahr die Pest. Warum? Weil wir nicht an den Himmel glaubten. Wir waren alle mehr oder weniger Atheisten. Nun kommt es darauf an, wie wir das Mädchen behandeln, das der Engel auf die Erde brachte, herniedersteigend aus dem Andromedanebel.

GIMMIL Es darf nicht mehr betteln.

ERSTER ARBEITER Es muß fort von diesem Akki.

ZWEITER ARBEITER Von diesen Dichtern.

ERSTE ARBEITERFRAU Tintenbekleckst wie sie sind.

TABTUM Voll von Spinngeweben und vergilbten Pergamenten.

ENGGIBI Erweisen wir dem Mädchen die größte Ehre, die wir zu vergeben haben, und der Himmel ist versöhnt.

ALI Ernennen wir es zu unserer Königin.

ENGGIBI Sonst ist das Schlimmste zu befürchten. Wir können uns einen zornigen Himmel nicht leisten. Eine Sintflut haben wir schon mit Müh und Not durchgemacht, aber eine Wirtschaftskrise dürfte eine noch größere Katastrophe werden.

ERSTE ARBEITERFRAU Zum König mit dem Himmelsmädchen!

DIE DICHTER Bleib bei uns, Kurrubi, bleib bei uns!

KURRUBI Ich will bei dir bleiben, Bettler Akki, bei dir unter dieser Brücke, nahe den Wellen des Euphrat, nahe deinem Herzen.

Die Menge nimmt eine drohende Haltung an.

EINIGE Werft den Bettler in den Strom!

Sie wollen sich auf Akki stürzen, doch hält sie der Polizist mit einer energischen Handbewegung zurück.

DER POLIZIST Du kennst meine Gefühle, Bettler. Du weißt, daß ich ein Häuschen in der Libanonstraße besitze, wie sehr ich als ein Nebo in der Lage gewesen wäre, Kurrubi glücklich zu machen. In bescheidenem

Rahmen natürlich. Doch nun ist es meine Pflicht, das Mädchen dem König zu überbringen, und die deine, es ziehen zu lassen. *Er wischt sich den Schweiß ab.*

DIE MENGE Es lebe die Polizei!

KURRUBI Hilf mir, Akki.

AKKI Ich kann dir nicht helfen, mein Mädchen. Wir müssen voneinander Abschied nehmen. Zehn Tage wanderten wir durch die Gassen der Stadt Babylon und über die Plätze, in zerrissenen Kleidern beide, und des Nachts schliefst du, leise atmend, in meinem wärmsten Sarkophag, von meinen Dichtern umwinselt. Nie bettelte ich genialer. Doch nun müssen wir uns trennen. Ich habe kein Recht auf dich. Zufällig tauschte ich dich ein, ein Stück Himmel blieb an mir haften, ein Faden nur seiner Gnade, schwerelos und heiter, und nun trägt ein Windstoß dich weiter.

KURRUBI Ich habe dir gehorsam zu sein, mein Akki. Du nahmst mich zu dir. Du gabst mir zu essen, wenn ich hungerte; zu trinken, wenn ich durstig war. Wenn ich mich fürchtete, sangst du mir deine gewaltigen Lieder vor, wenn ich fror, hülltest du mich in deinen Mantel, und wenn ich müde war, trugst du mich auf deinen mächtigen Armen.

Sie senkt das Haupt.

AKKI Geh zu Nebukadnezar, dem König, mein Kind.

ERSTER DICHTER Bleib bei uns, Kurrubi, bleib bei deinen Dichtern!

DIE MENGE Zu Nebukadnezar! Zu Nebukadnezar!

Sie führen das Mädchen nach rechts hinaus.

DIE DICHTER

Auch die Gnade, die wir suchten,
Sie entschwindet. Fledermäuse,
Alter Toten leer Gehäuse
Bleiben uns, die man verachtet.

KURRUBI Mein Akki, leb wohl, lebt wohl, meine Dichter.

DIE DICHTER

Ach, wie haben wir geschmachtet
Nach der Gnade. Dreck der Gasse
Aßen wir statt Menschenspeise,
Hoffend, daß der alte, weise
Engel uns das Mädchen lasse.
Nun entschwand es den Verfluchten.

DIE MENGE *von ferne* Kurrubi! Unsere Königin Kurrubi!

Akki setzt sich finster an die Kochstelle und rührt in der Suppe.

AKKI Ich habe nichts gegen eure Klagetöne, Dichter, doch sie sind übertrieben. Dreck der Gasse aßen wir statt Menschenspeise, dichtet ihr, und eßt mit Appetit meine Suppen. Da stimmt etwas nicht in eurer Verzweiflung. Die Kochkunst, richtig ausgebildet, ist die einzige Fähigkeit des Menschen, von der sich nur gutes sagen läßt, und darf poetisch nicht mißbraucht werden.

Von links kommt ein älterer Mann die Treppe herab, hager und groß, gekleidet in ein feierliches, armseliges Schwarz, ein Köfferchen in der Hand.

DER FEIERLICHE Gegrüßt seist du, Bettler Akki, gegrüßt.

AKKI Was willst du?

DER FEIERLICHE Atemraubend, wie sich das Mädchen entfaltet, schwindelerregend. Sah von der Brücke, wie man es davonführte.

AKKI *ärgerlich* Ich hätte dieses Kind zur besten Bettlerin der Welt erschaffen, und nun wird es einfach Königin.

DER FEIERLICHE Wird eine wilde, unheimliche Ehe.

AKKI *wütend* Auf Händen wird der König Kurrubi tragen.

DER FEIERLICHE Stürmisch wird's zugehen. Möchte nicht dabei sein. Wenn man denkt, daß der König das Mädchen mit Fußtritten bedeckte, graust's einem vor den kommenden Nächten.

AKKI Mit Fußtritten?

DER FEIERLICHE Am Strome Euphrat.

AKKI Am Euphrat?

DER FEIERLICHE Damals an jenem Morgen.

AKKI *springt auf* Der Bettler aus Ninive war der König?

DER FEIERLICHE War zugegen, war Zeuge. Majestät verkleidete sich.

AKKI Wozu?

DER FEIERLICHE Dich zum Staatsdienst zu überreden. Und dann übergab ihm der Engel das Mädchen. Eine erhabene Stunde, eine feierliche Stunde.

AKKI *wischt sich den Angstschweiß von der Stirne* Eine Stunde, die leicht hätte bedenklich ausgehen können. Da habe ich nochmal Glück gehabt. *Mißtrauisch* Und wer bist du?

DER FEIERLICHE Der Henker.

Die Dichter verschwinden.

AKKI Salü. *Er schüttelt ihm die Hand.*

DER FEIERLICHE Grüß Gott.

AKKI Du bist in Zivil.

DER FEIERLICHE Bettler darf ich nicht in Amtstracht henken. Habe strenge Vorschriften.

AKKI Nimmst du Suppe mit Rindfleisch?

DER FEIERLICHE Ist das eine Falle? Dürfte ich mir nicht erlauben.

AKKI *unschuldig* Eine Falle?

DER FEIERLICHE Dem Henker von Lamasch bist du entkommen, ebenso dem von Akkad und dem von Kisch.

AKKI Das waren herzogliche Henker, keine königlichen. Ich lasse mich bloß vom Henker des Königs henken. Nur das Beste ist da gut genug, ich habe meinen Stolz. Dich zu ehren, biete ich dir Rindfleisch mit Suppe an.

DER FEIERLICHE Bin auch geehrt. Bin mit meinem Gehalt an arge Kost gebunden. Kenne Suppe mit Rindfleisch nur vom Hörensagen.

AKKI Setze dich denn auf diesen Thron eines längst vermoderten Weltbeherrschers.

DER FEIERLICHE *setzt sich vorsichtig* Es ist auch wirklich keine Falle?

AKKI Aber nein.

DER FEIERLICHE Bin unbeugsam. Jede Bestechung prallt wirkungslos von mir ab, sei sie Gold, sei sie Fleischeslust. Als ich jüngst einen Volksstamm in Mysien henken mußte, bot er Hekatomben von Eseln, von Schafen. Vergeblich. Zu Tausenden hingen die Mysier schön gereiht in der Abendsonne.

AKKI Glaub's.

DER FEIERLICHE Bitte prüfe mich.

AKKI Hat doch keinen Zweck.

DER FEIERLICHE Bitte. Bitte. Nichts liebe ich so sehr wie Prüfungen der Standhaftigkeit.

AKKI Gut. Hätte eine Braut für dich, frisch und prall.

DER FEIERLICHE *stolz* Ausgeschlossen.

AKKI Ein Knäbchen, rosig und schmiegsam.

DER FEIERLICHE *strahlend* Halte stand, halte stand.

AKKI Flüstere dir den Ort ins Ohr, wo meine Schätze im Euphrat liegen.

DER FEIERLICHE Nichts da. Wirst gehenkt. *Triumphierend* Siehst du? Man nennt mich Sidi den Unbestechlichen.

AKKI Dafür bekommst du auch das schönste Stück Rindfleisch. Die Suppe!

Er schlägt mit dem Schöpflöffel an den Kessel. Es gibt einen lauten Ton. Die Dichter tauchen auf.

DIE DICHTER Der Ton! Der herrliche Ton!

Jeder naht dem Kessel mit einer kleinen Schale.

AKKI Die Dichter, Vortrefflicher!

DER FEIERLICHE Eine Freude, eine reine, ungetrübte Freude!

Die Dichter und der Feierliche verneigen sich. Von rechts nahen sich schüchtern Omar und Yussuf, ebenfalls mit kleinen Schalen.

AKKI Omar, der Taschendieb, und Yussuf, der Einbrecher. Nachbarn von mir, sie wohnen eine Brücke weiter unten.

DER FEIERLICHE Ich weiß, ich weiß. Habe sie nächste Woche zu henken.

Die dunklen Gestalten tauchen rechts auf.

DIE GESTALTEN *krächzend* Hunger! Wir haben Hunger!
AKKI Da, ihr Raben, euren Anteil!

Er wirft ihnen ein großes Stück Fleisch zu, worauf sie wieder verschwinden. Die Suppe wird verteilt, alle beginnen zu essen. Der Feierliche hat ein rotes Taschentuch über den Schoß gebreitet.

DER FEIERLICHE Köstlich, diese Suppe. Welch üppiges Fest für meine Knochen.
AKKI Du scheinst vergnügt.
DER FEIERLICHE Bin ich, bin ich. Das Rindfleisch mundet vorzüglich. Eine Orgie, eine ausgelassene Orgie, dieses Essen. Aber gehängt wirst du doch.
AKKI *füllt dem Feierlichen den Topf von neuem* Da hast du noch eine Portion.
DER FEIERLICHE Ich schmause, ich schmause.
AKKI Willst du eine Bouteille besten Ägypters? *Er schenkt allen Wein ein.*
DER FEIERLICHE Gierig bin ich danach, dürstend, wie ich bin. Ein Bacchanale, ein himmeldonnerndes Bacchanale, was wir da treiben. Jubilieren wir. Das hundertste Mal, daß dein Beruf verboten wird, das zehnte Mal, daß man dich zu henken trachtet. Habe nachgezählt. Bin peinlich exakt in den Daten der heimatlichen Geschichte. Führe ein Tagebuch. Weltreiche gehen, Weltreiche kommen, habe alles notiert. Und die Men-

schen? Ändern sich, wandeln sich. Wechseln den Beruf, die Mode, die Religion, den Stand, die Sitten. Konfus würde man dabei, ohne den Anker eines Tagebuchs. Nur du änderst dich nicht. Was auch geschieht, wer dir auch nachstellt, du bleibst ein Bettler. Achtung, Hochachtung dir. *Alle trinken.* Harrst aus, wie der Erzminister ausharrt mit seinen tausend königlichen Kanzleien. Achtung, Hochachtung auch ihm. *Alle trinken.* Hält sich oben, wie du dich oben hältst. Regiert die Könige, regiert die Welt im geheimen mit seinen Bürolisten. Und der dritte bin ich. Achtung, Hochachtung endlich mir. *Alle trinken.* Auch ich ändere mich nicht, wechsle nicht, wandle mich nicht, bleibe Henker. Mit Stolz darf ich es in den Himmel rufen. Der Bürokraterei, der Bettlerei und der Henkerei! Diese drei bilden das heimliche Weltgerüst, in welchem sich die Dinge aufbauen und abbauen.

Alle stoßen an.

AKKI Trinken wir den Rest.

DER FEIERLICHE Den Rest, den traurigen Rest. Schauderhaft, daß ich beruflich hier sitze. Die Welt wird wüst, wenn ich nun auch bei dir einschreite. Doch frisch ans düstere Werk. Die Suppe ist gegessen, das Rindfleisch dahingeschwunden, die Flasche leer. Drängt es dich an eine Laterne da oben, oder ist es dein Wunsch, im Stadtwäldchen zu hangen?

AKKI Am angenehmsten wäre mir eine Laterne vor dem Königspalast.

DER FEIERLICHE Nobler Gedanke, doch schwierig. Die Laternen vor dem Palast sind den Mitgliedern der

Regierung reserviert. Hängen wir dich ans Brückengeländer, so ist es am einfachsten. Mein Gehilfe ist schon oben. Halef!

EINE STIMME VON OBEN Ja, Meister. Kommt schon.

Von oben senkt sich ein Seil herunter. Die Dichter schreien auf und verschwinden, ebenfalls Omar und Yussuf.

DER FEIERLICHE Darf ich bitten.

Akki steigt auf den Königsthron in der Mitte der Bühne.

DER FEIERLICHE Hast du noch eine Verfügung zu treffen?

Er legt Akki die Schlinge um den Hals, nachdem er sie mit Seife schmiegsam gemacht hat.

AKKI Was bleibt, stifte ich den Dichtern. Unklar ist nur, was mit meinem Antiquariat im Sintflutgäßchen geschieht.

DER FEIERLICHE Du hast ein Anti-Antiquariat?

Die Dichter tauchen wieder auf.

DIE DICHTER Ein Antiquariat?

AKKI Letzte Woche erbettelt. Ich war mit höchster Bettlerintuition begeistert und von ganz besonderer Könnerschaft an diesem Tag.

DER FEIERLICHE Ein Antiquariat ist das Ziel meiner Wünsche.

AKKI Ich hatte keine Ahnung, daß du dich mit solchen Dingen abgibst.

DER FEIERLICHE Als Antiquar zwischen Plastiken zu sitzen und Klassiker zu lesen scheint mir das Höchste hienieden.

AKKI *schüttelt den Kopf* Merkwürdig. Auch die Henker von Lamasch, Kisch und Akkad waren wild auf Bildung.

DER FEIERLICHE Führe ein bitteres, freudloses Leben. Mit Tränen sei es gestanden. Henke und komme nie auf einen grünen Zweig. Höchstens, daß einmal ein Minister etwas abwirft. Wenn ich dagegen an deinen Beruf denke, an deinen täglichen Umgang mit Dichtern, an das brausende Freudenfest dieser Suppe mit Rindfleisch.

AKKI Die großen Henker mästet man und die kleinen läßt man hungern. Ich will ein Einsehen haben. Gib mir deinen Beruf für mein Antiquariat.

DER FEIERLICHE *wankend* Du willst Henker werden?

AKKI Der einzige Beruf, den ich noch nicht erbettelt habe.

DER FEIERLICHE *sinkt in den Königsthron* Himmel!

AKKI *beunruhigt* Was ist dir denn, Sidi der Unbestechliche, Stütze des heimlichen Weltgerüstes?

DER FEIERLICHE Wasser. Bitte. Sonst kommt meine Herzkrise.

AKKI Nimm Schnaps. Das tut besser. *Er steigt vorsichtig vom Königsthron, den Kopf immer noch in der Schlinge, und hält ihm eine Flasche hin.*

DER FEIERLICHE Im Kopf wirbelt's, im Kopf. Wo ist denn die Ehre, der typisch babylonische Stolz?

AKKI *verwundert* Was sollen denn die hier unter diesem Bogen der Gilgameschbrücke?

DER FEIERLICHE Darf jedem, den ich zu henken habe, meinen Beruf abtreten. Steht im Vertrag, den ich in jugendlichem Übermute abschloß, mir das Studium der schönen Künste zu ermöglichen. Dachte, Geld zu verdienen. Doch der geringste Arbeiter, der schäbigste Minister, der verlausteste der Vaganten, wen ich auch henkte in den öden Jahrtausenden, nie ließ sich einer überreden, an meiner Stelle Henker zu werden und am Leben zu bleiben. Das sprichwörtliche babylonische Ehrgefühl erwies sich stärker als Lebensgier.

AKKI Siehst du, ich habe immer gedacht, Babylon gehe noch vor lauter Ehre zugrunde.

DER FEIERLICHE Wie sehr mich dein Vorschlag erlöst aus einem peinlichen Leben, so sehr bin ich erschüttert. Willst den verächtlichsten, schäbigsten Beruf gegen ein Antiquariat umtauschen!

AKKI Du stehst ganz falsch zu deiner Tätigkeit, Henker. Gerade die schäbigen, verachteten, verabscheuten Berufe muß man heben, damit sie erlöst werden aus ihrer Niedrigkeit und etwas darstellen; sonst sind sie verloren. Da war ich zum Beispiel einmal Milliardär.

DER FEIERLICHE *erstaunt* Milliardär?

DIE DICHTER Erzähle, Bettler, erzähle!

AKKI So hört die Makame meiner erbettelten Berufe. *Er zieht den Kopf aus der Schlinge und hält sich daran fest.* In der Blütenpracht einer Maiennacht, um Mitternacht, erbettelte ich mit Kunst und Schlich von einem Milliardärstöchterlein seines Papas Milliarde ein. Unverdrossen, war ich entschlossen, in einem Kampf auf Brechen und Biegen, den frechen Dampf des Reichtums zu besiegen. Höre nun, was der Weise tat: Früh bis spat machte ich Schulden, vertrank die Gulden, verstank die Wälder und Schlösser, die Kälber und Rösser, verspielte selber die Kunstgegenstände, die goldenen Spiegel, die Tiegel, die Wände, verpraßte die Schreine, verschaßte die Steine, verjaßte alleine zweitausend Schweine, und so, in unwiderstehlichem Trott, war ich in einem Jahr bankerott, ganz und gar, ohne Sou in der Tasche, ohne Wein in der Flasche, und im gleichen liederlichen Tritt zog ich weitere fünf Milliardäre mit, samt Aktionären und Banken; das Land kam ins Wanken. Dies, mein Henker, tat ich als Denker, um einen bösen Beruf zu erlösen.

EIN DICHTER Und das Milliardärstöchterlein?

AKKI Heiratete den Pfändungsbeamten. *Er wirft die Schlinge nach oben. Das Seil verschwindet.* Da ich nun in meinem Sarkophag Nacht und Tag denkend lag, warum die Menschheit in Krämpfen liege, warum Gemeinheit im Kämpfen siege, suchte ich mit Geisteskraft und Feuer, meiner Leidenschaft ein neues Abenteuer: Mit Hofieren und Scharmieren, mit Malträtieren und Exerzieren, mit Arschlecken und Rückenverrenken, mit Beinestrecken und patriotischem Denken, mit aristokratischer Braut und bürokratischem Laut, mit Wedeln und Kriechen, erbettelte ich von einem siechen General den Titel. Nun hatte ich Mittel, den Krieg zu bekriegen, und den Sieg zu besiegen. Dies war der Sinn meines militärischen Lebens, die Höllenfahrt war nicht vergebens. Ich erreichte mit kühnen Systemen, dem Krieg die Mühen und Schrecken zu nehmen. Als die Armee, die ich führte, nach Akkad marschierte, dreihunderttausend auf dem Papier, gelang es mir, die Schlacht zu verlieren, ohne einen Toten nach Hause zu führen, ohne Wunden, unzerschunden, ohne Verluste an Menschen und Tieren. Keine Mutter verlor ihren Sohn, dreihunderttausend kamen davon. Dies, mein Henker, des Denkers Spruch: Nie gab's einen billigeren Zusammenbruch!

DER FEIERLICHE Welche Leistung. Wie denn? Sonst sind doch gerade Niederlagen verlustreich.

AKKI Ich schickte die Marschbefehle an die Soldaten nicht ab.

DER FEIERLICHE Bewundernswert. Erstaunlich.

AKKI Siehst du, so muß man schäbige Berufe ausüben. Etwas Gutes läßt sich aus jedem machen.

DER FEIERLICHE *vorsichtig* Und du meinst, daß ich als Antiquar zu meiner Suppe mit Rindfleisch komme? Mit einem monatlichen Festessen wäre ich zufrieden, begeistert.

AKKI Du wirst in der Woche dreimal Suppe mit Rindfleisch essen und am Sonntag eine Gans.

DER FEIERLICHE Welche Wendung! Welch orgiastischer Umschwung!

AKKI Deine Amtstracht, Henker.

DER FEIERLICHE In diesem Köfferchen. Hätte nach dir noch die Geographen und Astronomen zu henken gehabt.

AKKI Henken heißt laufenlassen.

DER FEIERLICHE Die Dichter werden dir fehlen. Bitterlich.

AKKI Im Gegenteil. Ich freue mich auf die Stille der königlichen Verliese. *Er zieht den Henkersmantel an.*

EIN DICHTER *erschrocken* Zieh nicht dieses Kleid an.

EIN ZWEITER Entehre dich nicht.

EIN DRITTER Werde nicht ein Henker.

EIN VIERTER Bleibe ein poetischer Gegenstand.

AKKI Ist es euer ewiges Pech, die Stunde der Gefahr nicht zu erkennen, ihr Dichter Babylons? Seht ihr nicht das Unheil, das sich vorbereitet. Kurrubi sucht einen Bettler und wird einen König finden. Tag und Nacht wird verhaftet, die Armee marschiert nach Norden, der

Staat wird unfehlbar: Er trachtet danach, keinen von uns zu verfehlen. Muß ich euch noch meine letzte, bitterste Makame erzählen? Die Makame von der Waffe des Schwachen?

EINER Deine letzte, deine bitterste Makame!

DIE DICHTER Bevor du entweichst, bevor du entschwindest!

EIN ZWEITER Bevor wir Staatsdichter werden müssen.

AKKI Die Welt zu bestehen, muß der Schwache sie erkennen, um nicht blind einen Weg zu gehen, der sich verliert, in eine Gefahr zu rennen, die zum Tode führt. Die Mächtigen sind mächtig; es ist niederträchtig, diese Wahrheit zu mißachten, nach Narrheit zu trachten, die Mächtigen zu besiegen, ohne über Waffen zu verfügen, denen sie unterliegen. Heldentaten sind sinnlos, sie verraten die Ohnmacht des Schwachen, und seine Verzweiflung bringt die Macht nur zum Lachen. Doch hört einen Bettler jetzt, gefoltert, in Fetzen, von Schergen gehetzt: Der Mächtige in dieser Welt greift nach dem, was ihm gefällt, bald ist es dein Weib, bald ist es dein Haus, und nur, was er verachtet, läßt er unberührt; es lerne der Kluge daraus. Der fällt, den verführt, was die Macht begehrt, ja selbst den Weisen tötet die Gewalt, nur wer nichts hat und nichts ist, bleibt unversehrt. Begreife, was man muß, und ziehe den Schluß: Stelle dich dumm, nur so wirst du alt. Von innen greife an. Sei in der Festung schon am Tage des Gerichts. Schleiche dich ein, demütigen Gesichts, als Saufkumpan, als Sklave, Dichter, Schuldenbauer, erniedrige dich, und du brichst jede Mauer. Ertrage Schmach, geh jede Pfade, vergrabe, will's die Zeit, wilde Hoffnung, heiße Liebe, Leid und Gnade,

Menschlichkeit, unter einem roten Henkerskleid. *Er zieht sich die Maske über das Gesicht und steht als rot vermummter Henker da.*

Dritter Akt

Über den Thronsaal, den Schauplatz des dritten Aktes, ist nicht viel zu bemerken, sein Luxus, sein Raffinement, seine Abgeschlossenheit versteht sich von selbst, aber auch seine bestialische Grausamkeit. Inmitten höchster Kultur wird etwas negerhaft Grausiges sichtbar, so etwa die blutverschmierten Feldzeichen der königlichen Eroberungsheere. Der Raum wird durch ein Riesengitter in einen Vorder- und Hintergrund geteilt, der sich unermeßlich irgendwohin erstreckt, mit zu ahnenden Riesenstatuen irgendwo, steinern, erstorben. Der Thron, links vor dem Gitter, erhebt sich auf Stufen. Auf ihm sitzt Nebukadnezar, den Kopf Nimrods zwischen den Füßen, auf dessen Schultern sie ruhen. Links eine Türe im Gitter, durch die man in den Hintergrund gelangt. Ebenfalls an den Wänden links und rechts Türen. Dem Orchester entlang rechts vorne zwei Hocker.

NIMROD Nun, König Nebukadnezar, nun? Was starrst du in deinen Palast seit Tagen schon, seit Nächten schon, was stampfen deine Füße auf meinen Schultern herum?

NEBUKADNEZAR Ich liebe Kurrubi.

NIMROD Dann liebst du ein Mädchen, das du gegen deinen Schemel umgetauscht hast.

NEBUKADNEZAR Ich lasse dich peitschen.

NIMROD Nur zu! Kannst du mich quälen, wie ich dich quäle?

NEBUKADNEZAR Schweig, Kopf zwischen meinen Füßen.
NIMROD Bitte.

Schweigen.

NEBUKADNEZAR Rede! Rede!
NIMROD Siehst du, nicht einmal mein Schweigen hältst du aus.
NEBUKADNEZAR Rede von Kurrubi. Du hast sie gesehen. Sie gab dir aus den schmutzigen Wellen des Euphrat zu trinken.
NIMROD Du beneidest mich?
NEBUKADNEZAR Ich beneide dich.
NIMROD Sie war verschleiert. Doch durch ihren Schleier sah ich ihre Schönheit, bevor du sie erkanntest.
NEBUKADNEZAR Ihre Schönheit erfüllt die Stadt Babylon mit himmlischem Glanz, und bis in meinen Palast dringen die Gesänge der Verliebten.

Draußen lautes Dichten.

DER PAGE
Es war nicht für den König,
Das Mädchen aus dem Nichts;
NIMROD Hörst du? Sogar dein Page dichtet.
DER PAGE
Es stieg zur Gosse nieder,
In Garben goldnen Lichts.
NEBUKADNEZAR *leise* Henker.

Von links tritt der als Henker verkleidete Akki auf.

AKKI Majestät.
NEBUKADNEZAR Töte den dichtenden Pagen.

DER PAGE

Es hängt im Bettlerbarte,
Was unser Herz entbrennt;

AKKI Vernünftig, Majestät. Eine energische Maßnahme ist nur am Platz. *Er verschwindet rechts hinten.*

DER PAGE

Wie eine weiße Flocke
Vom Schnee des De- *Die Stimme bricht plötzlich ab.*

NEBUKADNEZAR *leise* Alle sollen sterben, die Kurrubi lieben.

NIMROD Dann mußt du die Menschheit ausrotten.

NEBUKADNEZAR Ich lasse deine Augen ausbrennen.

NIMROD Glühe meine Augen aus, fülle meine Ohren mit Blei, stopfe meinen Mund: Meine Erinnerung kannst du nicht aus meinem Leibe reißen.

NEBUKADNEZAR Erzminister!

DER ERZMINISTER Majestät?

NEBUKADNEZAR Schaff den Exkönig in das unterste meiner Verliese.

DER ERZMINISTER Ich bin Gesetzgeber. Ich habe den König damit definiert, daß sein Fuß auf den Schultern seines Vorgängers zu ruhen habe. Fällt die Definition dahin, fällt der König dahin.

NEBUKADNEZAR Dann ändere diese Definition.

DER ERZMINISTER Unmöglich. Sonst stürzen die fünfhunderttausend Paragraphen des babylonischen Gesetzes zusammen, die sich logischerweise aus der Definition des Königs ergeben, und wir haben das reine Chaos. *Er entfernt sich.*

NIMROD *lacht* Das sagte er mir auch immer.

NEBUKADNEZAR Und jedesmal war die Zahl der Paragraphen gewachsen. Ins Unermeßliche.

NIMROD Und die Zahl der Kanzleien.

NEBUKADNEZAR Mir bleibt nichts als ein Schemel.

NIMROD Und dein Sohn, der Kronprinz.

Von links hinten tanzt stutzerhaft gekleidet ein Idiot grinsend und seilhüpfend über die Bühne und verschwindet hinten rechts. Nebukadnezar hält die Hände vor das Gesicht.

NEBUKADNEZAR Dein Sohn.

NIMROD Unser Sohn, der Erbe unserer Macht. Keiner weiß, wer ihn zeugte. Wir schlichen beide betrunken zu seiner Mutter.

NEBUKADNEZAR Wir sind aneinandergekettet, ich und du.

NIMROD Immerzu, immerzu.

NEBUKADNEZAR Seit all den Tausenden von Jahren, die waren.

BEIDE Oben ich, unten du, unten ich, oben du, immerzu, immerzu.

Schweigen.

NEBUKADNEZAR Henker.

AKKI *kommt von links* Majestät?

NEBUKADNEZAR Tritt näher.

AKKI Bitte, Majestät.

NEBUKADNEZAR Nah zu mir. Du darfst deine Maske ablegen.

AKKI Lieber nicht.

NEBUKADNEZAR Ich fühle mich unsicher, weilst du nicht in meiner Nähe.

AKKI Vergeßt nicht den gesellschaftlichen Unterschied, Majestät.

NEBUKADNEZAR Du bist der am schäbigsten bezahlte Beamte meines Hofes und leistest die größte Arbeit. Hier hast du einen Scheck von tausend Goldstücken.

Er zieht ein Scheckbuch hervor. Akki reicht ihm einen Bleistift, und Nebukadnezar unterschreibt.

AKKI Wenn der nur in die richtigen Hände kommt.
NEBUKADNEZAR Du bist der einzige in meinem Reich, der sich nicht verstellt, der ist, der er ist.
AKKI Das finde ich etwas übertrieben, Majestät.
NEBUKADNEZAR Sind die Geographen und Astronomen bestraft?
AKKI Die Verliese sind von ihnen gesäubert.
NEBUKADNEZAR Ist mit dem Betteln aufgeräumt?
AKKI Völlig.
NEBUKADNEZAR Der Bettler Akki?
AKKI Verwandelt. Nicht einmal Majestät würde ihn erkennen, stünde er vor Ihnen.
NEBUKADNEZAR Aufgeknüpft?
AKKI Erhöht.
NEBUKADNEZAR Der Abendwind schaukelt ihn hin und her?
AKKI Er bewegt sich in den höchsten Kreisen.
NEBUKADNEZAR Zum ersten Mal seit der Sintflut ist ein Fortschritt spürbar. Die Menschheit beginnt klarere Formen anzunehmen, sich gegen die Humanität zu bewegen. Ist auf der sozialen Ebene das Schlimmste behoben, gilt es jetzt die Vernunft einzuführen, entweder gegen die Dichter oder gegen die Theologen einzuschreiten.
AKKI *zuckt zusammen* Nur keine Dichter. Es ist immer

so still da unten gewesen in den Verliesen, und nun dichtet schon der Page.

NEBUKADNEZAR Du hast ihn nicht getötet?

AKKI Zum Henken der Pagen sind nach dem Hofzeremoniell die mitternächtlichen Stunden reserviert. Ich bitte Majestät, gegen die Theologen einzuschreiten. Sie sind gemütlicher.

NEBUKADNEZAR Ein Gespräch mit dem Obertheologen wird diese Frage entscheiden. Tu deine Pflicht und bereite den Staatsgalgen vor.

Akki ab.

NEBUKADNEZAR Utnapischtim!

Von rechts kommt der Obertheologe Utnapischtim, ein ehrwürdiger Greis.

UTNAPISCHTIM Was willst du von mir, König Nebukadnezar?

NEBUKADNEZAR Spucke dem Kopf ins Gesicht zwischen meinen Füßen.

UTNAPISCHTIM Nach dem Gesetz, das auch du bestätigt hast, bin ich von dieser Zeremonie entbunden.

NEBUKADNEZAR So verfluche meinen Schemel bis in alle Ewigkeit.

UTNAPISCHTIM Es ist meine Pflicht, für das Heil der Menschen zu beten.

Nimrod lacht. Nebukadnezar nimmt sich zusammen.

NEBUKADNEZAR Du darfst dich setzen.

UTNAPISCHTIM Danke schön.

NEBUKADNEZAR Ich brauche einen Rat.

UTNAPISCHTIM Ich höre.

NEBUKADNEZAR *nach einigem Zögern* Du warst an jenem peinlichen Morgen zugegen, als der Engel am Ufer des Euphrat erschien.

UTNAPISCHTIM Ein für Theologen verwirrendes Ereignis. Ich habe mich dagegen gesträubt, an Engel zu glauben, und habe verschiedene Schriften gegen diesen Glauben verfaßt, ja zwei Theologieprofessoren verbrennen müssen, die an ihm festhielten. Gott schien mir keine Werkzeuge zu benötigen. Er ist allmächtig. Nun bin ich fast gezwungen, meine Dogmatik in Hinsicht der Engel zu revidieren, ein schwierigeres Unternehmen, als ein Laie wohl glauben möchte, da die Allmacht Gottes natürlich nicht angetastet werden darf.

NEBUKADNEZAR Ich verstehe dich nicht.

UTNAPISCHTIM Macht nichts, Majestät. Auch wir Theologen verstehen einander beinahe nie.

NEBUKADNEZAR *verlegen* Du hast gesehen, wie ich das Mädchen mit Füßen trat.

UTNAPISCHTIM Es erschütterte mich.

NEBUKADNEZAR *schmerzlich* Ich liebe dieses Mädchen, Utnapischtim.

UTNAPISCHTIM Wir alle lieben dieses Kind.

NEBUKADNEZAR Die ganze Stadt bedichtet es.

UTNAPISCHTIM Ich weiß. Auch ich habe mich in der Kunst versucht, das Mädchen zu besingen.

NEBUKADNEZAR Auch du. Der älteste der Menschen.

Schweigen.

NEBUKADNEZAR Ich bin vom Himmel beleidigt worden.

UTNAPISCHTIM Du bist nur auf dich selber eifersüchtig, König Nebukadnezar.

Von rechts hinten seilhüpft der Idiot im Bogen über die Bühne nach links hinten. Utnapischtim verneigt sich.

NEBUKADNEZAR *verlegen* Sprich weiter.
UTNAPISCHTIM Wenn wir den, wie ich zugebe, oft rätselhaften Wandel der Welt verstehen wollen, o König, müssen wir von der Annahme ausgehen, der Himmel habe immer recht.
NEBUKADNEZAR *finster* Du nimmst im Konflikt zwischen dem Himmel und mir seine Partei. Es tut mir leid, ich muß dich töten lassen. Henker!

Von links kommt Akki.

AKKI *freudig* Also doch die Theologen, Majestät. Darf ich bitten.
UTNAPISCHTIM *steht würdevoll auf* Wie du willst.
NEBUKADNEZAR *erschrocken* Setz dich wieder, lieber Utnapischtim. So eilig habe ich es nicht. Der Henker kann noch etwas warten. Rede inzwischen weiter.
AKKI Nur nicht weich werden, Majestät. Mit Theologen muß man streng sein. *Ab.*
UTNAPISCHTIM *kühl* Du scheinst der Meinung zu sein, der Himmel hätte sich von dir täuschen lassen, dich in jener Nacht für einen Bettler gehalten. Das ist lächerlich. Den Engel hast du verwirrt, doch der Himmel, der ihn schickte, wußte genau, wem er das Mädchen gab. Dir, König Nebukadnezar. Das ist gar nicht anders möglich, denn Gott ist nicht nur allmächtig, sondern auch allwissend, wie ich bewiesen habe.

NEBUKADNEZAR *düster* Der Himmel bestimmte Kurrubi dem ärmsten der Menschen.

UTNAPISCHTIM Die Worte des Himmels dürfen nie persönlich, sondern nur allgemein aufgefaßt werden. Jeder Mensch ist beinahe gleich gering, zieht man die ungeheure Distanz in Betracht, mit der der Himmel die Dinge hienieden betrachtet. Du hast die Absicht Gottes, dich mit seiner Gnade zu beschenken, durch eigene Torheit zunichte gemacht.

NEBUKADNEZAR *nach kurzem Schweigen, freundlich* Das mit dem Töten ist natürlich Unsinn.

UTNAPISCHTIM Ich danke dir.

NEBUKADNEZAR Überhaupt muß das Studium der Theologie in meinem Reich gefördert werden. Alle andern Wissenschaften lasse ich verbieten.

UTNAPISCHTIM So lobenswert dein Eifer auch ist, übertrieben braucht er nicht zu werden.

NEBUKADNEZAR Dafür werden nun die Dichter gehängt.

UTNAPISCHTIM Das tut mir leid.

NEBUKADNEZAR Der vollkommene Staat darf die Verbreitung von Unwahrheiten nicht dulden. Die Dichter veröffentlichen Gefühle, die es nicht gibt, erfundene Geschichten und Sätze ohne Sinn. Ich denke, daß gerade auch die Theologie daran interessiert ist, dies zu verbieten.

UTNAPISCHTIM Nicht unbedingt.

NEBUKADNEZAR Henker.

AKKI *kommt von links* Ich komme, ich eile. Der Staatsgalgen ist für den Obertheologen bereit.

NEBUKADNEZAR Lasse die Dichter verhaften.

AKKI *erschrocken* Die Dichter?

NEBUKADNEZAR Sie sind auszurotten.

AKKI Dann wenigstens nur die Epiker. Sie sind relativ die stillsten.

NEBUKADNEZAR Auch die Lyriker und die Dramatiker.

Akki resigniert ab.

NEBUKADNEZAR Somit wäre der Konflikt zwischen Staat und Kirche beigelegt.

UTNAPISCHTIM Wieder einmal.

NEBUKADNEZAR Und du glaubst, daß ich das Mädchen heiraten soll?

UTNAPISCHTIM Ich wundere mich, daß du es nicht schon längst getan hast.

DER ERZMINISTER *kommt von rechts* Majestät! Der Engel ließ sich öffentlich im Stadtpark nieder und sammelt Kolibris und Kokosnüsse, indem er von Palme zu Palme hüpft.

Ein Sekretär des Obertheologen kommt, ebenfalls von rechts, und flüstert Utnapischtim etwas ins Ohr.

UTNAPISCHTIM *freudig* Mein Sekretär meldet, die Eintritte in die Landeskirche überträfen mit einem Male die wildesten Hoffnungen.

Der Sekretär entrollt eine riesige Liste mit den Unterschriften der Neueingetretenen.

DER ERZMINISTER Politisch wirkt die unirdische Erscheinung nicht ganz so positiv. Das Volk ist begeistert. Es dringt in den Hof des Palastes und bestürmt Majestät,

Kurrubi zu heiraten. Man trägt das Mädchen in der Sänfte des Bankiers Enggibi herbei, bekränzt mit Blumen.

UTNAPISCHTIM Ein Aufruhr?

DER ERZMINISTER Ein spontaner Aufstand, der zwar noch babylonisch-konservative Züge trägt, doch nicht unbedenklich ist.

NEBUKADNEZAR UND NIMROD *gleichzeitig* Haut das Volk zusammen.

DER ERZMINISTER Ein Aufstand braucht nicht niedergeschlagen zu werden, der zu einem Ziel gelenkt werden kann, das einem selber nützt.

Nebukadnezar nimmt eine Denkerposition an, ebenso Nimrod.

NEBUKADNEZAR UND NIMROD *gleichzeitig* Ich höre.

NEBUKADNEZAR *verwundert* Was redest du auf einmal meine Worte nach, Schemel?

NIMROD Nicht nur dein, unser Thron ist bedroht.

Nebukadnezar und Nimrod nehmen aufs neue Denkerposition an.

NEBUKADNEZAR UND NIMROD *gleichzeitig* Unser Thron ist bedroht. Wir hören deine Vorschläge, Erzminister.

DER ERZMINISTER Majestäten! Der Thron von Babylon, diese erhabene Einrichtung, stammend aus grauer Vorzeit, gegründet von Gilgamesch, unserem Nationalhelden, dieser wahre Mittelpunkt der Erde, an den sich die Völker drängen –

NEBUKADNEZAR UND NIMROD *gleichzeitig* Welch treffliche, geistreiche Formulierung!

DER ERZMINISTER – ist im Ablauf der Jahrtausende dermaßen in Mißkredit geraten, daß er allgemein als die schäbigste Institution aller Zeiten betrachtet wird.

NEBUKADNEZAR UND NIMROD *gleichzeitig* Das wagst du uns zu sagen? Hen –

Von links kommt Akki, doch schickt ihn der Erzminister mit einer Handbewegung wieder fort.

DER ERZMINISTER Den brauchen Majestäten gar nicht erst zu bemühen. Es handelt sich nur um eine politische Feststellung, nicht um eine persönliche Meinung.

NEBUKADNEZAR UND NIMROD *gleichzeitig* Sprich weiter.

DER ERZMINISTER Es gehört unter den Babyloniern zum guten Ton, Republikaner zu sein. Das Zusammenballen einer erregten Menge im Innern des Hofes ist nur ein Symptom. Es muß durchgegriffen werden, sonst schwindet uns das Weltreich dahin.

NEBUKADNEZAR UND NIMROD *gleichzeitig* Wie Schnee im Norden, wenn der Frühling kommt.

UTNAPISCHTIM Was ist zu unternehmen, Erzminister?

DER ERZMINISTER Das Mädchen Kurrubi, dessen Schönheit selbst mich alten Mann befeuert, ist auf der Stelle zur Königin zu erheben.

UTNAPISCHTIM Religion und Staatsraison fügen sich aufs schönste zusammen.

DER ERZMINISTER Noch nie hat sich eine verfahrene Angelegenheit dermaßen ins Positive gewandelt. Als Politiker bin ich begeistert. Wir haben die Möglichkeit, metaphysisch zu verankern, was politisch auf allzu schwachen Beinen stand. An Kurrubi, an den Himmel glaubt heute jedermann. Machen wir das Mädchen zu unserer Königin, so ist die republikanische Idee für einige Jahrtausende zerstoben. Wir brauchen nur dem Volkswillen nachzugeben, und alles ist in prächtigster Ordnung. Auch dürfen wir hoffen, daß sich so in Bälde ein anderer Thronfolger einstellt, denn wenn auch bei der Vortrefflichkeit meiner Kanzleien ein Herrscher von etwas beschränktem Talent keinen großen Schaden anstiften könnte, politisch angenehm wäre dies natürlich nicht.

NEBUKADNEZAR UND NIMROD *gleichzeitig* Führt das Mädchen herein.

Der Erzminister und der Obertheologe geben ein Zeichen. Durch die Gittertüre führt der Urgeneral Kurrubi herein. Sie ist barfuß, ihr Gewand zerrissen. Von links kommt Akki.

DER ERZMINISTER *beglückt* Das Mädchen!

Nebukadnezar und Nimrod bedecken ihr Gesicht mit goldenen Masken.

UTNAPISCHTIM Komm, mein Töchterchen.
DER ERZMINISTER Tritt herein, mein Kind.

Utnapischtim und der Erzminister ziehen sich nach rechts zurück.

NEBUKADNEZAR UND NIMROD *gleichzeitig* Wir heißen dich willkommen.
KURRUBI *bleibt erschrocken stehen* Ein Doppelwesen.

NEBUKADNEZAR UND NIMROD *gleichzeitig* Du stehst vor dem König von Babylon.

KURRUBI *sieht Akki als Henker verkleidet* Dieser rote Mann?

NEBUKADNEZAR UND NIMROD *gleichzeitig* Der Henker.

Von links hüpft der Idiot über die Bühne.

KURRUBI *angsterfüllt* Wer ist das?

NEBUKADNEZAR UND NIMROD *gleichzeitig* Ein harmloses Wesen, das bisweilen durch den Park hüpft.

KURRUBI *tritt furchtsam näher* Du bist der mächtigste der Menschen?

NEBUKADNEZAR UND NIMROD *gleichzeitig* Der mächtigste.

KURRUBI Was willst du von mir?

NEBUKADNEZAR UND NIMROD *gleichzeitig* Die Babylonier wünschen, daß du meine Frau wirst.

KURRUBI Ich kann nicht deine Frau werden.

NEBUKADNEZAR Du liebst?

KURRUBI Ich liebe.

NEBUKADNEZAR Einen der Dichter?

KURRUBI Ich liebe die Dichter, wie man Dichter liebt.

NEBUKADNEZAR Man sah dich mit einem alten Schwindler und Märchenerzähler in den Gassen und nachts unter den Brücken.

Akki stampft wütend auf den Boden.

KURRUBI Den Bettler Akki liebe ich, wie man einen Vater liebt.

NEBUKADNEZAR *erleichtert* Und wen liebst du, wie ein Mädchen einen Geliebten liebt?

KURRUBI Ich liebe einen Bettler aus Ninive mit einem komplizierten Namen, großer König.

Nebukadnezar gibt ein Zeichen, Akki verschwindet.

NEBUKADNEZAR Den Bettler aus Ninive?
KURRUBI *erfreut* Du kennst ihn?
NEBUKADNEZAR Vergiß ihn. Er war traurig, er war verzweifelt, er war einsam.
KURRUBI Ich kann ihn nicht vergessen.
NEBUKADNEZAR Er ist verschollen. Er ist nicht registriert in meinen Kanzleien.
KURRUBI Ich suche ihn.
NEBUKADNEZAR Ein Gespenst erschien im Euphratnebel.
KURRUBI Ich sah ihn.
NEBUKADNEZAR Man sieht auch, was man träumt.
KURRUBI Ich küßte ihn.
NEBUKADNEZAR Du liebst, wen es nicht gibt.
KURRUBI Es gibt ihn, weil ich ihn liebe.
NEBUKADNEZAR Dann geh.
KURRUBI *verneigt sich* Ich danke dir, großer König.

Nebukadnezar nimmt die Maske vom Gesicht, ebenso Nimrod.

KURRUBI *blickt auf und erkennt zuerst Nimrod* Der Gefangene, dem ich zu trinken gab.
NIMROD Ich bin es.

Nun erkennt sie Nebukadnezar und schreit auf.

KURRUBI Mein Bettler aus Ninive, den ich liebe.

Sie starrt ihn an, fassungslos, bleich. Nebukadnezar steigt vom Thron, kommt zu ihr.

NEBUKADNEZAR Den Bettler, den du suchst, gibt es nicht. Er war das Gespinst einer Nacht, das sich auflöste ins Nichts. Du liebtest einen Bettler, nun liebt dich ein König. Für die Fußtritte, die er dir gab, gebe ich dir die ganze Erde. Die Großen meines Reiches werden sich vor dir verneigen, und unermeßliche Opfer will ich dem Himmel darbieten. *Er will sie zum Throne führen.*

KURRUBI *wie erwachend* Du bist kein König. Der Engel gab mich dir, weil du ein Bettler bist.

NEBUKADNEZAR Ich war nie ein Bettler, ich war stets ein König. Ich war nur verkleidet.

KURRUBI Jetzt bist du verkleidet. Am Euphrat bist du ein Mensch gewesen, den ich liebte, nun bist du ein Gespenst, das ich fürchte. Fliehe mit mir!

NEBUKADNEZAR Meine liebe Kurrubi, ich habe die Welt zu regieren.

NIMROD *höhnisch* Ich habe sie zu regieren!

Er versucht, sich auf den Thron zu setzen, Nebukadnezar springt hinzu.

NEBUKADNEZAR Nieder mit dir!

Er zwängt Nimrod in die Stellung eines Schemels zurück. Kurrubi naht den beiden ringenden Majestäten, umklammert Nebukadnezar.

KURRUBI Laß diesen schrecklichen Traum fahren. Du bist

kein König. Sei wieder der Bettler, der du immer gewesen bist. Wir wollen aus diesem steinernen Haus gehen und aus dieser steinernen Stadt. Ich will für dich betteln, für dich sorgen. Auf der Erde wollen wir schlafen, aneinandergeschmiegt, schlafen unter einem Himmel voll von Sternen.

NEBUKADNEZAR Obertheologe!

Utnapischtim kommt durch die Türe rechts.

UTNAPISCHTIM Was willst du von mir?

NEBUKADNEZAR Beinahe wäre es dem Exkönig gelungen, sich auf den Thron zu setzen, und das Mädchen verlangt, daß ich ein Bettler werde. Es begreift nicht, daß ich nie ein Bettler war. Es ist in menschlichen Dingen unerfahren. Der Verkehr mit einem Engel und vor allem die vielen Dichter haben seinen Kopf mit unsinnigen Ansichten gefüllt. Sprich du mit ihm.

Er setzt sich mißmutig auf den Thron. Der Obertheologe führt das Mädchen nach rechts, wo sich beide niedersetzen.

UTNAPISCHTIM *gütig* Ich bin Babylons Gottesmann, mein Kind.

KURRUBI *freudig* Oh, dann denkst du an Gott?

UTNAPISCHTIM *lächelnd* Ich denke immer an Gott.

KURRUBI Du kennst ihn gut?

UTNAPISCHTIM *etwas wehmütig* Bei weitem nicht so gut wie du, mein Mädchen, denn du warst nahe seinem Antlitz. Ich bin ein Mensch, und uns Menschen hat Gott sich verborgen. Wir vermögen ihn nicht zu sehen, wir vermögen ihn nur zu suchen. Du liebst den König, mein Kind?

KURRUBI Ich liebe den Bettler, zu dem mich der Engel brachte.

UTNAPISCHTIM Der König und dieser Bettler sind eins. Du liebst also auch den König.

KURRUBI *senkt den Kopf* Ich kann nur den Bettler lieben.

UTNAPISCHTIM *lächelnd* Du willst demnach, daß der König ein Bettler werde?

KURRUBI Ich will doch nur dem Engel gehorsam sein.

UTNAPISCHTIM Der dich zu einem Bettler brachte, der ein König ist. Du bist verwirrt, ich verstehe dich. Du weißt nun nicht, sollst du Königin oder soll der König ein Bettler werden. Ist es nicht so, mein Töchterchen?

KURRUBI *unsicher* Es ist so, ehrwürdiger Vater.

UTNAPISCHTIM Siehst du, mein Kind, alles wird leichter, wenn wir nur ruhig darüber reden. Wir müssen nun zu wissen suchen, was der Himmel wohl mit dem allem meinte, nicht wahr?

KURRUBI Ja, ehrwürdiger Vater.

UTNAPISCHTIM Als ich noch jung war und die Sintflut kam, war ich der Überzeugung, der Himmel verlange das Absolute von uns Menschen, wie wir uns in der Theologie mit unserer sonderbaren Sprache ausdrükken, doch je älter ich werde, desto deutlicher sehe ich, daß dies eine nicht ganz richtige Auffassung ist. Der Himmel verlangt von den Menschen vor allem das Mögliche. Er weiß, daß er uns nicht mit einem Schlag zu vollkommenen Geschöpfen machen kann, daß er uns nur zerstören würde, wollte er das. So liebt uns denn der Himmel gerade in unserer Unvollkommenheit. Er hat Geduld mit uns und begnügt sich, uns immer wieder liebevoll zurechtzuweisen, wie ein Vater seinen kleinen Sohn, um uns so im Verlauf der Jahrtausende allmählich zu erziehen.

KURRUBI Ja, ehrwürdiger Vater.

UTNAPISCHTIM Daher begehen wir Menschen einen Irrtum, wenn wir im Himmel etwas Strenges erblicken, das an uns übertriebene Forderungen stellt, die nur Verwirrung stiften und lauter Unheil anrichten. Verstehst du mich, mein Mädchen?

KURRUBI Du bist gut zu mir, ehrwürdiger Vater.

In der Gittertüre erscheint der Erzminister.

DER ERZMINISTER Darf man gratulieren?

NEBUKADNEZAR Wir überreden es gerade.

Der Erzminister verschwindet. Utnapischtim gibt Nebukadnezar ein Zeichen, der vom Throne steigt und zu den beiden tritt, die sich erhoben haben.

UTNAPISCHTIM So steht es nun auch mit dir und dem König. Wenn du das Gebot des Himmels als unbedingt ansiehst und verlangst, daß der König, der dich als Bettler erhielt, nun auch ein Bettler werden müsse, verwirrt dies die menschliche Ordnung. Die Menschen wollen nun einmal ihre Könige und nicht ihre Bettler begnadet wissen, dich als Königin sehen und nicht als ein armes, in Lumpen gehülltes Ding. Auch vermagst du so den Menschen zu helfen, mein Kind, denn sie haben deine Hilfe nötig. Du wirst den König zum Rechten bewegen, Gutes wird er tun mit deiner Hilfe. Heirate ihn, damit die Gebete nach Frieden und Gerechtigkeit erhört werden.

Er will die Hände der beiden ineinanderfügen, doch stürzt in diesem Augenblick der Erzminister herbei.

DER ERZMINISTER Es gilt zu handeln! Gegen die Kolossalstatue seiner Majestät mit dem auswechselbaren Kopf schleudert man Steine!

UTNAPISCHTIM Und meine Statue?

DER ERZMINISTER Mit Rosen geschmückt steht sie unversehrt da.

UTNAPISCHTIM Gott sei Dank, dann dauern die Eintritte in die Landeskirche noch an.

Inzwischen hat sich Nimrod auf den Thron gesetzt.

NIMROD Die Armee hat auf der Stelle einzugreifen.

DER ERZMINISTER Aber wie? Sie ist ja nach den Dörfern jenseits des Libanon abmarschiert. Nur fünfzig Mann der Palastwache sind noch vorhanden.

UTNAPISCHTIM Babylon geht an der ewigen Welteroberei zugrunde!

Nebukadnezar nimmt den Platz Nimrods ein.

NEBUKADNEZAR *wehmütig* Kaum war ich König, bin ich wieder Schemel. So schnell ist ein Umschwung der Dinge noch nie eingetreten. Wir rollen einem allgemeinen Untergang entgegen.

DER ERZMINISTER Das ist nun etwas übertrieben, Majestät: Leute wie wir kommen immer wieder irgendwie hoch.

NIMROD UND NEBUKADNEZAR *gleichzeitig* Was ist zu tun, Erzminister?

DER ERZMINISTER Majestäten. Es muß vor allem nach dem Grund der Rebellion gefragt werden.

NIMROD UND NEBUKADNEZAR *gleichzeitig* Frage, Erzminister.

DER ERZMINISTER Ist es allein der Wunsch, Kurrubi als Königin zu sehen, der die Babylonier zur Raserei bringt? Wenn auch die Rufe des Volks dafür zu sprechen scheinen, der erfahrene Politiker verneint es. Der Grund liegt anderswo: Allein das Erscheinen des Engels untergräbt die Autorität des Staates.

UTNAPISCHTIM Ich muß protestieren. Wenn es auch nur einer sorgfältigen Interpretation gelingen wird, die Aussprüche des Engels, die ich gesammelt habe, theologisch ergiebig zu machen, hinsichtlich des Staates sind sie harmloser Natur und enthalten nichts Umstürzlerisches.

DER ERZMINISTER Eminenz mißverstehen. Meine Kritik richtet sich nicht gegen den Engel, sondern gegen dessen Erscheinen. Es ist reines Gift. Jetzt eben, zum Beispiel, schwebt er über den hängenden Gärten und taucht südwärts kopfvoran ins Meer. Ich frage: Ist dies ein Benehmen? Ein Staat, eine gesunde Autorität ist nur möglich, indem die Erde Erde und der Himmel Himmel bleibt, indem die Erde eine Wirklichkeit darstellt, die von den Politikern zu gestalten ist, und der Himmel eine holde Theorie der Theologen, aus der sonst niemand klug zu werden braucht. Wird jedoch der Himmel Wirklichkeit, wie nun durch das Erscheinen eines Engels, fällt die menschliche Ordnung dahin, denn angesichts eines sichtbaren Himmels muß der Staat notgedrungen zu einer Farce werden, und das Resultat dieser kosmischen Schlamperei haben wir: ein Volk, das sich gegen uns erhebt. Warum? Nur weil nicht schnell genug geheiratet wird. Ein Engel braucht etwas herumzuflattern, und schon ist der Respekt vor uns verschwunden.

NIMROD UND NEBUKADNEZAR *gleichzeitig* Das leuchtet uns ein.

DER ERZMINISTER Am besten ist es daher, den Engel zu dementieren.

Bestürzung.

UTNAPISCHTIM Das ist unmöglich. Er wurde öffentlich gesehen.

DER ERZMINISTER Wir verkünden, es sei der Hofschauspieler Urschanabi gewesen.

NEBUKADNEZAR Welch ein Widerspruch. Noch vor kurzem war dir das Erscheinen des Engels willkommen.

NIMROD Du wolltest damit unsere Macht metaphysisch verankern und die republikanische Idee ausrotten.

DER ERZMINISTER *sich verneigend* Je öfter sich ein Politiker widerspricht, desto größer ist er.

UTNAPISCHTIM Der Engel ist mir theologisch ja auch nicht recht, doch die Landeskirche verdankt ihm ihre Erneuerung.

DER ERZMINISTER Es wird bei Todesstrafe verboten, aus ihr auszutreten.

UTNAPISCHTIM Wenn ich auch nichts dagegen habe, den Atheismus mit einem gewissen Opfer zu verbinden, so möchte ich doch lieber die Hälfte der Staatseinkünfte.

DER ERZMINISTER Unmöglich, Eminenz.

UTNAPISCHTIM Dann weigere ich mich, den Engel zu dementieren.

DER ERZMINISTER Der Aufstand bedroht uns alle.

UTNAPISCHTIM Nicht mich, Erzminister. Man rebelliert gegen die Monarchie, nicht gegen die Kirche. Ich bin gegenwärtig der populärste Politiker Babylons. Die Hälfte der Staatseinkünfte, oder ich errichte einen Kirchenstaat.

DER ERZMINISTER Ein Drittel.

UTNAPISCHTIM Die Hälfte.

DER ERZMINISTER Aber dann muß ich eine energische Dementierung verlangen, Eminenz.

UTNAPISCHTIM Sie wird auf allen Kanzeln verkündet.

NEBUKADNEZAR *noch zögernd* Ich wollte mich doch mit dem Himmel versöhnen.

UTNAPISCHTIM Das wird, Majestät. Das ist auch privat möglich. Nur geheiratet. Eine glückliche Ehe ist dem Himmel das wichtigste.

DER ERZMINISTER Ich habe auch jetzt nicht das geringste gegen diese Versöhnung, soweit sie wirklich privat stattfindet, nur muß in Zukunft das Erscheinen von Engeln richtig organisiert werden.

NIMROD UND NEBUKADNEZAR *gleichzeitig* Dann haben wir uns nur noch über die Herkunft Kurrubis zu einigen.

DER ERZMINISTER Wir ernennen sie zur ausgesetzten Tochter des Herzogs Lamasch.

NIMROD UND NEBUKADNEZAR *gleichzeitig* Schaffe sogleich die notwendigen Dokumente herbei.

DER ERZMINISTER *zieht ein Pergament hervor* Bereits von meinen Kanzleien verfertigt.

NIMROD UND NEBUKADNEZAR *gleichzeitig* Man nehme die Amtshandlung auf der Stelle vor.

In der Gittertüre erscheint der Urgeneral, vollständig zerfetzt.

DER URGENERAL Wir sind geschlagen. Die Wache läuft

zum Volk über. Man rennt mit einem Rammbock gegen das Tor.

Die ersten Schläge des Rammbocks sind zu hören.

NIMROD Wir sind verloren.

Er verläßt fluchtartig den Thron, wird jedoch vom Erzminister und vom Obertheologen aufgefangen.

DER ERZMINISTER UND UTNAPISCHTIM *gleichzeitig* Fassung, Majestät, Haltung. Solange wir noch im Stande sind, Amtshandlungen vorzunehmen, ist nichts verloren.

Sie führen Nimrod wie ein Kind zum Thron zurück, wo inzwischen Nebukadnezar wieder oben ist.

NEBUKADNEZAR *erfreut* Jetzt bin ich wieder oben.

DER ERZMINISTER *feierlich zu Kurrubi* Mein liebes Kind. Dich zu ehren und dir seine Liebe auszudrücken, ernennt dich seine Majestät zur natürlichen Tochter des Herzogs von Lamasch, zur Tochter eines etwas unglücklichen, aber hochgeehrten Politikers, der letztes Jahr – von hinnen schied. Er hat dich – was deine gegenwärtige Armut erklärt – in einem Bastkorb am Ufer des Euphrat ausgesetzt, unter Umständen, die noch von den Historikern ausgearbeitet werden. Das Dokument ist amtlich, an deiner Herkunft kann nicht mehr gezweifelt werden. Wir bitten dich, dies alles vor dem Volk zu bestätigen.

KURRUBI *entsetzt* Vor den Menschen?

DER ERZMINISTER Diese Formalität ist nötig. Wir begeben uns gleich mit zehn Trompetern auf den Balkon.

KURRUBI Ich soll leugnen, daß Gott mich schuf?

UTNAPISCHTIM Natürlich nicht, mein Mädchen.

KURRUBI Daß der Engel mich auf die Erde brachte?

UTNAPISCHTIM Aber nein, mein Töchterchen. Wir wissen, woher du stammst, und sind dankbar, daß wir dieses Wunder erleben durften. Keiner von uns verlangt, daß du dies in deinem Herzen erstickst. Im Gegenteil. Bewahre es in deiner Seele als Geheimnis, als dein heiliges Wissen um die Wahrheit, so wie ich es bewahre. Was wir von dir verlangen, mein Kind, ist nur eine Umschreibung des Wunderbaren für eine Öffentlichkeit, die das Außerordentliche als eine rohe Sensation betrachtet.

KURRUBI Du denkst immer an Gott, ehrwürdiger Vater, hast du gesagt. Du kannst es nicht zulassen.

UTNAPISCHTIM *schmerzlich* Es ist besser so, mein Mädchen.

KURRUBI Dann bist du auch mit dem Erzminister einverstanden?

UTNAPISCHTIM Aber nein, mein Töchterchen. Doch ist es meine Pflicht, den Himmel zu bewahren, sich selber zu schaden. Die Köpfe der Babylonier sind voll Aberglaubens an vielarmige Gespenster und geflügelte Götter, mit Mühe nur gewinnt meine Theologie Oberhand, einen Gott lehrend. Ein Engel würde verwirren, unreifen Vorstellungen Raum bieten. Allzufrüh schwebte der Bote des Himmels zu uns Kindern herab.

KURRUBI *zu Nebukadnezar* Du hörst, was sie verlangen, mein Geliebter?

NEBUKADNEZAR UND NIMROD *gleichzeitig* Wir müssen es von dir verlangen.

KURRUBI Den Himmel soll ich verraten, aus dessen Sternen ich niederstieg, in dessen Namen wir uns lieben?

NEBUKADNEZAR UND NIMROD *gleichzeitig* Es gibt menschliche Notwendigkeiten.

KURRUBI Du willst nicht fliehen mit mir?

NEBUKADNEZAR UND NIMROD *gleichzeitig* Wir müssen vernünftig sein.

Schweigen. Draußen hört man immer deutlicher, immer mächtiger die Schläge des Rammbocks.

KURRUBI Dann laß mich gehen, König von Babylon.

Verwunderung.

NEBUKADNEZAR Aber wieso denn?

UTNAPISCHTIM Ich verstehe dich nicht, mein Töchterchen.

DER ERZMINISTER Es ist doch alles in Ordnung, mein Kindchen.

KURRUBI Ich gehe, den Bettler zu suchen, den ich liebe.

NEBUKADNEZAR Ich war doch dieser Bettler.

KURRUBI Du lügst.

UTNAPISCHTIM, DER ERZMINISTER UND DER URGENERAL *gleichzeitig* Wir bestätigen es, wir bestätigen es!

KURRUBI Ihr sagt nie die Wahrheit. Auch den Engel wollt ihr leugnen. Laßt mich gehen. Ich will den Geliebten finden, den ich verloren habe.

Nebukadnezar verläßt verzweifelt seinen Thron.

NEBUKADNEZAR Ich bin doch dieser Geliebte.

KURRUBI Ich kenne dich nicht.

NEBUKADNEZAR Ich bin doch Nebukadnezar der König.
NIMROD Du bist Nebukadnezar der Exkönig.

Er will sich auf den Thron setzen, doch wirft sich Nebukadnezar über ihn und zwingt ihn nieder.

KURRUBI Wer du bist, weiß ich nicht. Du hast die Gestalt meines Geliebten angenommen und bist nicht mein Geliebter. Du bist bald ein König, bald ein Schemel. Du bist Schein; der Bettler, den ich suche, ist Wirklichkeit. Ich küßte ihn, dich kann ich nicht küssen. Er schlug mich nieder, du kannst mich nicht niederschlagen, denn deinen Thron wagst du nicht zu verlassen, aus Furcht, ihn zu verlieren. Deine Macht ist Ohnmacht, dein Reichtum Armut, deine Liebe zu mir, deine Liebe zu dir. Du lebst nicht und bist nicht tot. Du bist ein Wesen und wesenlos. Laß mich gehen, König von Babylon, von dir und deiner Stadt.

Nebukadnezar hat sich wieder auf den Thron gesetzt.

NEBUKADNEZAR Du hast das Fundament meiner Macht gesehen: meinen Sohn. Er hüpfte durch diesen Saal. Ein Idiot wird mein Reich erben. Ich bin verloren ohne deine Liebe. Ich bin unfähig, ein anderes Weib zu berühren.
KURRUBI Ich liebe einen Bettler, den ich verrate, wenn ich dich nicht verlasse.
DER ERZMINISTER Konfus, ich werde konfus! Das kommt davon, wenn man Mädchen einfach aus dem Nichts erschafft.
NEBUKADNEZAR *ruhig* Ich lasse das Volk bitten.
DER URGENERAL Majestät –

NEBUKADNEZAR Es soll eintreten.

Der Urgeneral geht nach dem Hintergrund.

UTNAPISCHTIM Das Ende der Dynastie.

DER ERZMINISTER Zum Glück habe ich die republikanische Verfassung bereit.

Die zwei ziehen sich an die Wand links zurück. Hinter dem Gitter wird langsam das Volk sichtbar. Die beiden Arbeiter, Gimmil, der Polizist, nun auch Revolutionär geworden, der Bankier, der Weinhändler Ali, die Arbeiterfrauen, die Hetäre, anderes Volk, Soldaten, alle mit Steinen, Knütteln, Stangen. Langsam rücken sie vor, starren nach dem Mädchen und dem unbeweglich sitzenden Nebukadnezar.

NEBUKADNEZAR Ihr dringt in meinen Palast. Mit einem Rammbock stürmt ihr meine Tore. Wozu?

Verlegenes Schweigen.

ERSTER ARBEITER Wir kommen –

ZWEITER ARBEITER Das Mädchen –

Der Bankier Enggibi tritt vor.

ENGGIBI Majestät, es haben sich so wunderbare Dinge ereignet, daß wir vor dir erscheinen, ohne erst die Instanzen um Erlaubnis nachgefragt zu haben, die den Thron umgeben.

Gelächter in der Menge.

EINE STIMME Bravo, Bankier.

ENGGIBI Ein Engel kam nach Babylon. Er brachte ein Mädchen, das zu heiraten sich Majestät offenbar nicht entschließen können.

EINE STIMME Sehr gut. Gib's ihm.

ENGGIBI Daß wir bewaffnet in diesem Saale stehen, daß die Palastwache zu uns übergelaufen ist, daß die Bevölkerung die Macht an sich gerissen hat, bedeutet nicht, daß Majestät nun zu dieser Heirat gezwungen wäre, doch machen wir sie aufmerksam, daß wir zwar das Mädchen zur Königin wünschen, nicht aber unbedingt Seine Majestät zum König.

Gelächter. Riesiger Beifall.

NEBUKADNEZAR *ruhig* Ich war bereit, das Mädchen zu heiraten. Aber es wies mich zurück.

Die Menge johlt und pfeift. Riesengelächter.

ERSTER ARBEITER Nieder mit dem König!

ZWEITER ARBEITER An die Laterne!

NIMROD *triumphierend* Setzt mich an seine Stelle! Ich will den wahrhaft sozialen Staat einführen.

ERSTER ARBEITER Wir kennen eure wahrhaft sozialen Staaten!

GIMMIL Sie dienen nur der Bereicherung der Könige und der Beamten!

NIMROD Ich werde die Erde neu erobern! Ich appelliere an das babylonische Nationalgefühl: Gibt es hinter dem Libanon Dörfer, gibt es sie auch jenseits der Meere.

ZWEITER ARBEITER Ein Bluthund der eine wie der andere!

ERSTE ARBEITERFRAU Unsere Kinder haben sie gefressen.

ERSTER ARBEITER Wir wollen keine Welteroberung mehr!

ALLE Wir wollen keine Könige mehr!

Schweigen. Alle schauen gespannt zu Nebukadnezar, der unbeweglich auf seinem Throne sitzt.

NEBUKADNEZAR Ich gebe das Mädchen zurück. Es gehöre dem, der es am meisten liebt.

DIE MÄNNER *schreien durcheinander* Mir! Mir! Ich liebe sie! Ich am meisten!

ENGGIBI Das Mädchen gehört mir. Ich habe allein die finanziellen Mittel, das Mädchen seiner Herkunft gemäß zu ehren.

NEBUKADNEZAR Du irrst, Bankier. Das Mädchen liebt einen Bettler, dessen Namen es vergessen hat, der ihm am Euphratquai abhanden gekommen ist. Es verlangt von mir, daß ich dieser Bettler werde. Das wird es auch von dir verlangen.

Der Bankier wendet sich enttäuscht ab.

NEBUKADNEZAR Du willst es nicht, das Kind? Du gibst sie nicht, deine Millionen? Du wagst nicht, der Ärmste zu sein? Wer von euch ist der Bettler, den das Mädchen sucht? Wer gibt alles hin, sich in den Geliebten zu verwandeln, den es nicht mehr gibt? Der Weinhändler? Der Milchverkäufer? Der Polizist? Ein Soldat? Ein Arbeiter? Er trete vor.

Schweigen.

NEBUKADNEZAR Ihr schweigt? Ihr weist die Gnade des Himmels zurück?

Schweigen.

NEBUKADNEZAR Vielleicht braucht die schöne Dame das Mädchen?

TABTUM In meinem Bordell? Das Mädchen? Ich führe ein anständiges Haus, Majestät. Widerspruch

NEBUKADNEZAR Niemand will das himmlische Kind?

Schweigen.

ERSTER ARBEITER Der Bettler Akki soll es haben!

NEBUKADNEZAR Der Bettler Akki ist tot.

Kurrubi blickt erschrocken auf.

ZWEITER ARBEITER Die Dichter sind gut genug dafür.

DIE MENGE Die Dichter! Die Dichter!

NEBUKADNEZAR Herbei mit ihnen.

Von links stürzen die Dichter herein.

ERSTER DICHTER Majestät, wir haben eben gemeinsam eine staatserhaltende Ode verfaßt.

DIE DICHTER Wir distanzieren uns von dieser Rebellion.

NEBUKADNEZAR Wer von euch will das Mädchen?

ERSTER DICHTER Es ist für einen staatsbewußten Dichter ein allzu anarchistischer Gegenstand.

DIE DICHTER Es hetzte das Volk auf.

ERSTE ARBEITERFRAU Gib es dem Henker!

DIE MENGE Dem Henker!
NEBUKADNEZAR Henker!

Er macht ein Zeichen. Von links kommt Akki.

NEBUKADNEZAR Es ist dein.
KURRUBI *zur Menge* Helft mir!

Die Menge wendet sich ab. Kurrubi wendet sich an Utnapischtim.

KURRUBI Nimm mich zu dir, ehrwürdiger Vater.

Der Obertheologe wendet sich ab.

KURRUBI Ihr Dichter, ihr liebtet mich.

Die Dichter wenden sich ab.

KURRUBI *verzweifelt zur Menge* Helft mir! Rettet mich!

Plötzlich erscheint der Engel über Nebukadnezars Thron, noch phantastischer behangen als im zweiten Akt, denn zu den Sonnenblumen und Eiszapfen und so weiter sind nun Korallen, Seesterne und Tintenfische gekommen, Muscheln und Schneckenhäuser. Im Hintergrund riesenhaft aufleuchtend und dann wieder mit dem Engel verschwindend der Andromedanebel.

DER ENGEL Kurrubi! Mein Kind Kurrubi!
ALLE Der Engel!
KURRUBI Engel! Mein Engel!
DER ENGEL Erschrick nicht, mein Mädchen. Etwas

absonderlich wohl sehe ich aus. Ich komme direkt aus dem Meer, von Tang noch umflossen, noch triefend von Wasser.

KURRUBI Rette mich, Engel!

DER ENGEL

Zum letzten Mal erscheine ich dir, mein Kind,
zum letzten Mal spiegelt mein Antlitz die Schönheit der Erde,
denn siehe, ich durchforsche sie nun ganz.

KURRUBI Zur rechten Zeit bist du gekommen, Engel, zur richtigen Stunde! Nimm mich zu dir!

DER ENGEL

Alles, was ich fand auf diesem Stern, war Gnade, und nichts anderes:
Ein unwirkliches Wunder in den erhabenen Wüsteneien der Gestirne.
Der blaue Sirius, die weiße Wega, die tosenden Cepheiden in der Nachtschwärze des Alls –
so abenteuerlich auch ihre Leiber und die Kraft,
mit der ihre Nüstern Lichtgarben in den Raum fegen, weltenweite Blasbälge,
nie wiegen sie dieses Körnchen Materie auf, diese winzige Kugel,
an ihre Sonne gebunden, umkreist von einem kleinen Mond, gebettet in Äther,
atmend im Grün der Kontinente, im Silber der Meere.

KURRUBI Trage mich in deinen Himmel zurück, Engel, vor das gewaltige Antlitz Gottes, entbreite die Schwingen! Ich will nicht sterben auf dieser Erde! Ich fürchte mich. Ich bin von allen verlassen.

DER ENGEL

So entschwebe ich denn, so entschwinde ich nun,

beladen mit bunten Steinen, behängt mit Wundern.
Mit Seestern, Moos und Tintenfisch,
umsummt von Kolibris,
in den Händen
Sonnenblumen, Malven und die Ähren des Korns,
eiszapfenklirrend,
Korallen im Haar, Schlehdorn und Schneckenhaus,
die Füße rot von Sand, Tau am Saume des Kleids.
Schwankend unter all dieser Gnade, unter all diesem Gewicht
wie ein Betrunkener, mit schwer flatternden Flügeln.
So entschwinde ich, so entschwebe ich,
dich Glückliche zurücklassend auf der Erde.
So gehe ich ein in meine Sonnen,
in das milchige Weiß des Andromedanebels in dämmerhafter Ferne.
So tauche ich zurück in das dunkle Feuer des Antares.

KURRUBI *verzweifelt* Nimm mich von dieser Erde, mein Engel, nimm mich zu dir!

DER ENGEL Lebe wohl, Kurrubi, mein Kind, lebe wohl auf immer! *Entschwindend* Auf immer lebe wohl!

NEBUKADNEZAR Der Engel entschwindet. Er sinkt zurück in seine gleichgültigen Sterne. Du bist allein. Der Himmel hat dich verlassen, die Menschen verstoßen.

KURRUBI *zusammengebrochen, leise* Mein Engel, nimm mich zu dir, nimm mich zu dir, mein Engel.

Schweigen.

NEBUKADNEZAR Geh mit dem Mädchen in die Wüste, Henker. Töte es. Verscharre es im Sand.

Akki trägt Kurrubi durch die schweigende Menge hinaus.

NEBUKADNEZAR *traurig* Ich trachtete nach Vollkommenheit. Ich schuf eine neue Ordnung der Dinge. Ich suchte die Armut zu tilgen. Ich wünschte die Vernunft einzuführen. Der Himmel mißachtete mein Werk.

Im Hintergrund wird der Urgeneral sichtbar, umgeben von Soldaten.

DER URGENERAL Dein Heer kam zurück, König Nebukadnezar. Der Palast ist umzingelt, das Volk in deiner Gewalt –

Die Menge fällt auf die Knie.

ALLE Gnade, großer König! Gnade! Gnade!

NEBUKADNEZAR Ich verriet das Mädchen um meiner Macht willen, der Minister verriet es der Staatskunst, der Priester der Theologie zuliebe, ihr habt es um eurer Habe willen verraten. So komme nun meine Macht über eure Theologie, über eure Staatskunst und über eure Habe. Führt das Volk in Gefangenschaft, bindet den Theologen und den Minister. Aus ihren Leibern will ich die Waffe schmieden, mit der ich meine Schande räche. Wohlan denn. Ist der Himmel so hoch, daß meine Flüche ihn nicht erreichen? Ist er so weit, daß ich ihn nicht hassen kann? Mächtiger denn mein Wille? Erhabener denn mein Geist? Trotziger denn mein Mut? Ich will die Menschheit in einen Pferch zusammentreiben und in ihrer Mitte einen Turm errichten, der die Wolken durchfährt, durchmessend die Unendlichkeit, mitten in das Herz meines Feindes. Ich will der Schöpfung aus dem Nichts die Schöpfung aus dem Geist des Menschen entgegenstellen und sehen, was besser ist: meine Gerechtigkeit oder die Ungerechtigkeit Gottes.

Von rechts stürzt der Feierliche herbei.

DER FEIERLICHE Mein Antiquariat! Ich kann mein Antiquariat nicht finden!

Da seiltanzt der Idiot grinsend über die Bühne. Nebukadnezar bedeckt sein Antlitz in ohnmächtiger Wut, in ohnmächtiger Trauer.

NEBUKADNEZAR Nein. Nein.

Finsternis. Die Kulissen fahren in die Höhe. Unbestimmt ist eine unermeßliche Wüste zu ahnen, eine gewaltige Weite, durch die Akki und Kurrubi fliehen.

AKKI Weiter, mein Mädchen, weiter! Dem Sandsturm entgegen, der immer mächtiger heranheult und meinen Henkersmantel zerfetzt.

KURRUBI Ich liebe einen Bettler, den es nicht mehr gibt.

AKKI Und ich liebe eine Erde, die es immer noch gibt, eine Erde der Bettler, einmalig an Glück und einmalig an Gefahr, bunt und wild, an Möglichkeiten wunderbar, eine Erde, die ich immer aufs neue bezwinge, toll von ihrer Schönheit, verliebt in ihr Bild, von Macht bedroht und unbesiegt. Weiter denn, Mädchen, voran denn, Kind, dem Tod übergeben, und doch am Leben, mein zum zweitenmal, du Gnade, die nun mit mir zieht: Babylon, blind und fahl, zerfällt mit seinem

Turm aus Stein und Stahl, der sich unaufhaltsam in die Höhe schiebt, dem Sturz entgegen; und vor uns, hinter dem Sturm, den wir durcheilen, verfolgt von Reitern, beschossen mit Pfeilen, stampfend durch Sand, klebend an Hängen, verbrannten Gesichts, liegt fern ein neues Land, tauchend aus der Dämmerung, dampfend im Silber des Lichts, voll neuer Verfolgung, voll neuer Verheißung und voll von neuen Gesängen!

Sie ziehen davon, vielleicht daß ihnen noch einige dissidente Dichter folgen, durch den Sandsturm hüpfend.

Anhang

Anmerkung zu ›Ein Engel kommt nach Babylon‹

Meine Komödie versucht den Grund anzugeben, weshalb es in Babylon zum Turmbau kam, der Sage nach zu einem der grandiosesten, wenn auch unsinnigsten Unternehmen der Menschheit; um so wichtiger, da wir uns heute in ähnliche Unternehmen verstrickt sehen.

Es geht um eine Welt, die am Ende tragisch verunglückt, ins Gigantische rennt, versteint, durchaus aus eigener Schuld, um eine Welt, die wir hier zwar auf die Bühne bauen, die wir hier zusammenflunkern, die aber erst nicht viel anders war als alle andern menschlichen Welten und Reiche, die ihre Könige, ihre Minister, ihre Theologen, ihre Bankiers, ihre Arbeiter, ihre Dichter und Bettler aufwies und schließlich doch etwas Unsinniges, Auswegloses wurde. Sie verspielte ihre Gnade, die ein Engel brachte. Wie sie ihr Glück, ihre Möglichkeit verspielte, ist der Inhalt der Komödie; nur eines Teils der Komödie, sei hier verbessert, denn dem gnadenlosen Menschen steht ja stets auch der begnadete gegenüber. Vergessen wir das nie. Immer noch hat der Engel recht, immer noch ist die Erde das Wunder. Der Engel mag uns weltfremd scheinen, ich glaube jedoch, daß jene weltfremder, blinder sind, welche die Welt nur als Verzweiflung sehen. Die Erde hängt nicht im Nichts, sie ist ein Teil der Schöpfung. Das ist ein Unterschied.

Meine Gedanken, meine Träume kreisten jahrelang um dieses Motiv, ich beschäftigte mich schon in meiner Jugend damit, stand doch in der Bibliothek meines Vaters ein blau-weißer Band der Monographien zur Weltgeschichte, Ninive und Babylon. Es ist schwer, Träume zu gestalten. Ich hatte nie im Sinn, eine versunkene Welt zu beschwören, es lockte mich, aus Eindrücken eine eigene Welt zu bauen.

Die vorliegende Neufassung 1980 basiert auf der ersten Fassung von 1954 unter Berücksichtigung der zweiten Fassung von 1957 und des Librettos für die Oper von Rudolf Kelterborn, *Ein Engel kommt nach Babylon*, die am Opernhaus Zürich am 5. Juni 1977 uraufgeführt wurde.

Geschrieben 1980, unter Verwendung früherer Anmerkungen.

Anmerkung zu einem Themenkomplex

Der erste Akt der Komödie *Ein Engel kommt nach Babylon* entstand im Sommer 1948 und war als erster Akt der Komödie *Der Turmbau zu Babel* gedacht. Zwei weitere Akte wurden ausgeführt, doch geriet das Ganze derart ins Babylonische, daß ich den *Turmbau* verbrannte; Fragmente des ersten Aktes blieben durch Zufall erhalten, ebenso einige Seiten des übrigen Vernichteten.

1953 faßte ich den Entschluß, mich doch wieder an den *Turmbau* zu wagen. Ich plante eine Trilogie. Ich stellte den ersten Akt des vernichteten alten Turmbaus wieder her, führte die Handlung anders weiter und beschrieb in *Ein Engel kommt nach Babylon* fürs erste, warum der Turm gebaut wurde. Nicht so sehr aus der Wut des Königs Nebukadnezar heraus, daß Kurrubi, das Geschenk des Himmels, für den ärmsten der Menschen bestimmt war, sondern vielmehr seiner unermeßlichen Empörung wegen, daß der Himmel offenbar ihn, der sich doch für den mächtigsten der Menschen hielt, als den ärmsten betrachtete. Zur Ausführung der Trilogie kam es dann nicht mehr; wie vieles, was ich konzipierte, blieb auch sie fragmentarisch, wenn auch in diesem Falle mit einer gewissen Berechtigung, mißlang ja der Turm zu Babel selber auch; er beschäftigte mich aber weiterhin, vor allem zeichnerisch, bis ich dann mit Kelterborn zusammen das Opernlibretto zum *Engel* verfaßte.

Aber wie der Turmbau einen Grund gehabt haben muß, muß auch das Mädchen Kurrubi einen Grund haben. Irgendwie und irgendweshalb bin ich auf diese Gestalt gekommen.

Aus dem Jahre 1946 ist ein Fragment eines Hörspiels erhalten: Zu einem Uhrenmacher in einem kleinen Städtchen an der Grenze kommt eines Abends ein Bote des Kaisers aus der fernen Residenz, betritt den Laden, verstaubt, draußen wiehert sein Pferd, durch das Schaufenster starren die Bürger, die Gesichter an die Scheiben gepreßt. Der Bote des fernen, unnahbaren, eigentlich fast unwirklichen Kaisers – in solche Ferne ist dessen Residenz gerückt – verkündet dem Uhrenmacher, der sich höflich verneigt, er sei vom Kaiser zu dessen Schwiegersohn bestimmt worden, und die Tochter sei bereits unterwegs, nur vollziehe sich die Reise langsam, die Tochter werde in jeder Stadt, durch die sie reisen müsse, um zum Uhrenmacher zu gelangen, ja, in jedem Städtchen, in jedem Dorf mit allen Ehren empfangen und reich beschenkt, so daß die Karawane, die sie ihrem Bräutigam entgegenführe, immer größer werde. Der Uhrenmacher starrt den Boten schweigend an, die Gnade, die ihn überfallen hat, ist unbegreiflich, schon hat sich der Bote wieder entfernt, nicht einmal das Galoppieren seines Pferdes ist noch zu hören. Die Leute drängen sich ehrfürchtig in seinen Laden, auch sie stumm. Der Uhrenmacher steigt im Ansehen seiner Mitbürger ins Unermeßliche, er ist ein Auserwählter, ein vor aller Welt Ausgezeichneter. Er erhält den Besuch des Bürgermeisters, des Statthalters, des Gouverneurs usw.

Aber weil er ein Uhrenmacher ist und als solcher genau denkt, ein Gefangener einer Welt, in der alles seinen Grund hat, in der Zahn in Zahn greift, kann er eines nicht begreifen: die Gnade des Kaisers ihm gegenüber, ist doch die Gnade, theologisch gesehen, grundlos. Sie mit irgendeiner Eigenschaft Gottes zu verbinden, etwa mit der Liebe, scheint sinnlos, denn dann müßte alles mit dieser Liebe in Beziehung gebracht werden, auch die Hölle (was das Mittelalter auch tat). Über diese ›nichtaristotelische Grundlosigkeit‹ kommt der Uhrenmacher nicht hinweg: Die Gnade des Kaisers muß für ihn einen Grund haben.

Zuerst denkt er, der Grund sei politisch, der Kaiser wolle sich beim Volk beliebt machen, indem er einfach irgend jemanden zu seinem Schwiegersohn wähle. Doch je gründlicher der Uhrenmacher die Politiker kennenlernt, die angereist kommen, dem zukünftigen Schwiegersohn zu huldigen, um seine Gunst zu erwerben, um damit ihren politischen Einfluß zu erhöhen usw., desto überzeugter wird er, das Opfer eines heimtückischen kaiserlichen Planes zu sein. Der Kaiser wird allmählich sein Feind, er ist überzeugt, daß dessen Gnade eine ungeheuerliche Falle ist, ihn zu vernichten; je näher die Prinzessin kommt, von Stadt zu Stadt, von Städtchen zu Städtchen des endlosen Reiches, desto stärker wächst sein Groll, seine Wut, seine Empörung. Und wie die Prinzessin endlich nach Jahren mit ihrer unermeßlichen Karawane, beladen mit allen Geschenken des Reiches, bei ihm anlangt, voll Liebe, ihrem Vater gehorsam, bereit, den Uhrenmacher als Gatten anzunehmen, tötet dieser sie: Denn auch ihre Liebe erscheint ihm als etwas Bösartiges, Heimtückisches, bestimmt, ihn zu vernichten, und so erwürgt er sie, die meint, er wolle sie küssen, tötet sie gleichsam aus Trotz: um diesem rätselhaften Haß des Kaisers gegen ihn, den Uhrenmacher – denn auch dieser Haß, in den sich ihm nun die Gnade verwandelt hat, ist ja grundlos –, um diesem Haß wenigstens einen Grund zu geben. Der Kaiser, und mit ihm dessen Tochter, sind seine Feinde, so will er denn, der Uhrenmacher, mit seiner unerbittlichen Logik wenigstens auch ihr Feind sein.

Dieser ›Vor-Kurrubi-Stoff‹, in welchem die Dialektik Kurrubi-Nebukadnezar schon sichtbar wird, war von Kafkas ›Eine kaiserliche Botschaft‹ beeinflußt, in welcher der Bote mit der Botschaft des Kaisers nie zu den Menschen gelangt: »Öffnete sich freies Feld, wie würde er fliegen, und bald hörtest du das herrliche Schlagen seiner Fäuste an deiner Tür. Aber statt dessen, wie nutzlos müht er sich ab; immer noch zwängt er sich durch die Gemächer des innersten Palastes; niemals wird er sie überwinden; und gelänge ihm dies, nichts wäre gewonnen; die Treppen hinab müßte er sich kämpfen; und gelänge ihm dies, nichts wäre gewonnen; die Höfe wären zu durchmessen; und nach den Höfen der zweite umschließende Palast; und wieder Treppen und Höfe; und wieder ein Palast; und so weiter durch die Jahrtausende; und stürzte er endlich aus dem äußersten Tor – aber niemals, niemals kann es geschehen –, liegt erst die Residenzstadt vor ihm, die Mitte der Welt, hochgeschüttet voll ihres Bodensatzes. Niemand dringt hier durch, und gar mit der Botschaft eines Toten. – Du aber sitzt an deinem Fenster und erträumst sie dir, wenn der Abend kommt.« Bei Kafka ist es unmöglich, daß die Gnade ankommt, bei mir löst sie das Unheil aus.

Zu meiner Verwunderung entdeckte ich vor einigen Jahren in Kierkegaards ›Die Krankheit zum Tode‹, Ausgabe J. Hegner, 1956, S. 118/119, meine dialektische Version der Erzählung Kafkas. »Wenn ich mir einen armen Tagelöhner denke und den mächtigsten Kaiser, der damals gelebt hat, und dieser mächtigste Kaiser bekäme plötzlich den Einfall, ... daß er ihn zum Schwiegersohn haben wolle: was dann? Dann würde es dem Tagelöhner als etwas höchst Sonderbares vorkommen, als etwas Verrücktes, wovon er am allerwenigsten zu einem anderen Menschen reden dürfe, da er selbst schon in seinem stillen Sinn nicht weit von der Erklärung wäre, worauf Nachbar und Gegenüber sehr bald verfallen würden: daß der Kaiser ihn zum Narren halten wolle ... Eine kleine Gunstbezeugung, die würde der Tagelöhner in seinem Kopf fassen können; sie würde in der Kleinstadt verstanden werden, von dem hochgeehrten gebildeten Publikum, von allen Marktweibern, kurz, von den fünf mal hunderttausend Menschen, die in jener Kleinstadt wohnen, die hinsichtlich der Einwohnerzahl ja eine recht große Stadt war, was dagegen Verständnis und Sinn für das Außerordentliche betrifft, eine sehr kleine Kleinstadt – aber das, mit dem Schwiegersohn werden, ja, das wäre viel zu viel. Angenommen, daß nicht von einer äußeren Wirklichkeit, sondern von einer inneren die Rede wäre, so daß also nicht eine Faktizität dem Tagelöhner zur Gewißheit verhelfen könnte, sondern der Glaube selbst die einzige Faktizität wäre, und also alles dem Glauben überlassen bliebe, ob er genug demütigen Mut haben könnte, es zu glauben (denn frecher Mut kann nicht zum Glauben verhelfen): wie viele Tagelöhner gäbe es dann wohl, die diesen Mut hätten? ... Er würde so vielleicht ehrlich und geradezu eingestehen: so etwas ist für mich zu hoch, ich kann es nicht in meinen Kopf bekommen, es ist für mich, um es geradeheraus zu sagen, eine Torheit.«

Meines Wissens hatte ich vorher diese Stelle Kierkegaards nie gelesen, ob Kafka sie las, weiß ich nicht. So gelangte ich denn, von Kafka ausgehend, in Kierkegaards Nähe, Stoffe sind Gemeingut.

Im übrigen ist zu notieren, daß die erste Fassung des *Engels* zuerst in München, dann in Düsseldorf, im Schauspielhaus Zürich und im Akademie-Theater Wien aufgeführt wurde.

Die zweite Fassung mit dem stark veränderten dritten Akt sah ich nie. In Berlin scheiterte die Aufführung. Ein jetzt berühmter Regisseur hatte mit einer Aufführung von Kafkas ›Schloß‹ seinen ersten großen Erfolg gehabt, die Aufführung faszinierte mich trotz meines Widerwillens, Kafka auf der Bühne zu sehen (ich halte ihn für nicht dramatisierbar). Aber im ›Schloß‹ ging es für Kafka wieder um die Gnade, doch diesmal nicht vom ›Kaiser‹ her erzählt, vom Schloß her und von der Unmöglichkeit der Botschaft, sondern im Gegenteil vom Menschen her erzählt, vom vergeblichen Versuch eines Menschen her, die Gnade zu erlangen, vom ›Schloß‹, vom Kaiser, anerkannt zu werden, ohne dessen Anerkennung er niemand ist. Nach der Aufführung kam ich mit dem Regisseur zusammen, dem die Regie des *Engels* angetragen worden war. Er refüsierte. Er sah im *Engel* keinen Sinn, ihm sei vor allem die Wut

Nebukadnezars auf den Himmel unbegreiflich, er sehe nicht ein, was ich mit der Kurrubi eigentlich wolle, und die Aufführung kam nicht zustande. Selten hat mich ein Theatergespräch so entmutigt, handelt es sich doch beim ›Schloß‹ und beim *Engel* um die gleiche, freilich wohl auch für eine Stadt von fünfhunderttausend oder mehr Einwohnern unbegreifliche Angelegenheit.

Geschrieben im Mai 1977 für das Programmheft der Uraufführung von Rudolf Kelterborns Oper ›Ein Engel kommt nach Babylon‹.

Gespräche über den Turm

Fragment aus ›Der Turmbau zu Babel‹

DER BAUMEISTER Was verschafft mir die Ehre Ihres Besuchs?

DER TRIUMVIR Ich halte es für meine Pflicht, Ihnen zu sagen, daß ich in der Sitzung des Triumvirats meine Stimme dahin abgeben werde, es sei Seiner Majestät vorzuschlagen, Sie aus Ihrem Amt als Turmbaumeister zu entlassen und unter die Anklage auf Hochverrat zu stellen.

DER BAUMEISTER Sie reden kühn mit mir.

DER TRIUMVIR Ich rede zu Ihnen als zu einem, der schon verloren ist.

DER BAUMEISTER Sie werden in Ihrer Anklage wohl kaum imstande sein, am Turm etwas auszusetzen.

DER TRIUMVIR Das liegt gar nicht in meinem Sinn. Er ist im gegenwärtigen Stand seiner Entwicklung ein vollkommener Bau, ein Wunder des menschlichen Geistes – außer natürlich der von mir schon gerügten Verfassung der Liftbaukunst: aber Sie sind ja auch nicht Ingenieur.

DER BAUMEISTER Dann weiß ich nicht, warum Sie mich stürzen wollen.

DER TRIUMVIR Ich verdächtige Sie, den Turm nicht für den König, sondern für Ihre Zwecke zu bauen.

DER BAUMEISTER Ich habe die Weisungen des Königs immer innegehalten.

DER TRIUMVIR Sie können die Weisungen des Königs zu Ihren Gunsten mißbrauchen, ohne gegen sie zu verstoßen.

DER BAUMEISTER Es muß dem Triumvirat genügen, daß ich den Turm baue.

DER TRIUMVIR Es genügt dem Triumvirat nicht. Der König läßt den Turm bauen, und Sie bauen ihn. Das sind zwei Dinge.

Was beweist dem Triumvirat, daß der Turm für Sie das ist, was er für den König bedeutet?

DER BAUMEISTER Ich habe im Turm nie etwas anderes als ein klares Gebäude der Vernunft gesehen.

DER TRIUMVIR *nach kurzem Schweigen* Ich weiß nicht, ob der Turm vernünftig oder unvernünftig ist. Ich will es auch nicht wissen. Der Turm ist da, um den Himmel zu erobern. Das ist seine Idee. Diese Idee ist so ungeheuer, daß sie vielleicht nicht einmal von dem völlig erfaßt werden kann, der den Befehl gegeben hat, einen solchen Bau zu errichten. Es braucht die ganze Menschheit dazu, diese Idee zu begreifen, und nicht nur die jetzige Menschheit, sondern auch die aller Zeiten. Es ist völlig unwichtig, wie viel jeder einzelne von dieser Idee begreift, entscheidend ist nur, daß er von ihr vollständig erfaßt wird, wie die Menschheit nur dann den Turm vollenden kann, wenn sie von seiner Idee in ihrer Gesamtheit überwältigt ist. Es kann für mich daher nur die Pflicht geben, diese Idee wie einen Befehl aufzunehmen, über den es weder Zweifel noch Nachdenken geben darf.

DER BAUMEISTER Der König besitzt in mir seinen treusten Diener.

DER TRIUMVIR Das ist möglich, aber es ist auch möglich, daß Sie sein gefährlichster Feind sind, weil Sie allein die Idee des Turms verraten können. Andere vermöchten diese Idee nur abzulehnen. Sie sagen, der Turm sei ein klares Gebäude der Vernunft. Aus diesen Worten ist alles und nichts zu entnehmen. Ich kann mir denken, daß Sie versucht sein könnten, mit Hilfe des Turms die Erde zu beherrschen, anstatt den Himmel zu erobern. Ich gebe zu, daß dies für die menschliche Vernunft viel natürlicher wäre. Sonst würden Sie wohl kaum darauf bestehen, daß nur die Hälfte der Menschheit ihren Wohnsitz auf dem Turme selbst nimmt. Wir sind über die Zahl und die Ausrüstung der himmlischen Heere so mangelhaft orientiert, daß wir jeden Mann auf dem Turme nötig haben.

DER BAUMEISTER Dann wäre es jedoch ganz unmöglich, den Turm weiter in die Höhe zu bauen. Wir brauchen Nachschub.

DER TRIUMVIR Wie alles, was Sie vorbringen, läßt sich nicht das Geringste dagegen sagen. Ich wäre nicht zu Ihnen gekommen, wenn sich auch nur ein Schatten meines Verdachts beweisen ließe: Sie wären gar nicht mehr am Leben. Der Verdacht, den ich gegen Sie habe, läßt sich nur beweisen, wenn es zu spät ist. Auf dieses Risiko darf natürlich das Triumvirat nicht eingehen. Bis jetzt hatten wir auch alles Interesse, daß Sie den Turm bauten, weil sonst niemand die Anfangsschwierigkeiten hätte überwinden können. Aber nun sind genügend Architekten ausgebildet, daß wir den Bau mit ruhigem Gewissen aus den Händen Ihrer Exzellenz nehmen dürfen.

Die Möglichkeit Ihres Verrats verurteilt Sie zum Tode.

Der Uhrenmacher

Ein Fragment

DER UHRENMACHER Mein Name ist gleichgültig. Gleichgültig ist auch die Nation, der ich angehöre, die Farbe meiner Haut, die Provinz, in der ich lebe, die Stadt, die mich umgibt: Nur mein Beruf ist nicht gleichgültig, die Tat, die ich beging, und der Grund, der mich zu ihr trieb. Ich bin ein Uhrenmacher. Ich bin es gewohnt, ein Rädchen ans andere zu fügen, durch eine lückenlose Kette von Ursache und Wirkung das gleichmäßige Vorrücken des Zeigers über die weiße Fläche zu erzielen. Nichts, was ich tue, ist ohne Grund, und so kam ich zu Fall, als etwas geschah, dessen Grund nicht zu erfahren war. Meine Geschichte begann an einem trüben Winternachmittag, kurz vor dem Einbruch der Nacht. Draußen der Lärm der kleinen Stadt, das Heranheulen der Winde, drinnen das Tacken der Uhren. Ein Fremder betrat meinen Laden. Er war staubbedeckt, doch an seiner Kleidung, die durch den Schmutz der Straße schimmerte, erkannte ich, daß er ein hoher Herr sein mußte. Eine Schar Kinder und Erwachsene (darunter der Bürgermeister) starrten neugierig von außen durch mein Schaufenster herein, die Nasen an der Scheibe plattgedrückt.

DER FREMDE Du bist der Uhrenmacher dieser Stadt?

DER UHRENMACHER Meine Kunst steht dir zu Diensten. Wünschest du meine Uhren zu sehen?

DER FREMDE Ich bin der Bote des Kaisers.

DER UHRENMACHER Sei gegrüßt.

DER FREMDE Ich habe dir eine Botschaft meines Herrn zu überbringen.

DER UHRENMACHER Ich höre.

DER FREMDE Seine Tochter befindet sich mit ihrem Gefolge auf dem Weg nach dieser Stadt und wird in fünf Tagen eintreffen.

DER UHRENMACHER Ich werde der Prinzessin eine Uhr überreichen, die nicht nur die Zeit, sondern auch den Lauf des Jahres und die Bewegung des Mondes wiedergibt. Seine Majestät wird mit meiner Kunst zufrieden sein.

DER FREMDE Laß deine Arbeit liegen, Uhrenmacher. Die Tochter des Kaisers kommt, die Hochzeit mit dir zu feiern.

DER UHRENMACHER Das ist nicht wenig.

DER FREMDE Der Kaiser bestimmte dir sein einziges Kind zum Weibe.

DER UHRENMACHER Ich lasse meinem Schwiegervater danken.

DER FREMDE Ich habe dir die Botschaft eröffnet. Lebe nun wohl.

DER UHRENMACHER Lebe wohl.

Die Ladentüre geht.

DER UHRENMACHER So ein Unsinn.

Das Tacken der Uhren.
Die Ladentüre geht aufs neue.

DER BÜRGERMEISTER Verzeih dem Bürgermeister, mein Sohn, daß er noch so spät in deinen Laden dringt.

DER UHRENMACHER Bitte.

DER BÜRGERMEISTER Ich sah eben den Boten des Kaisers dein Haus verlassen und in die Nacht und in den Wind davonreiten auf schweißbedecktem Pferd.

DER UHRENMACHER *verwundert* Den Boten des Kaisers?

DER BÜRGERMEISTER *ebenfalls verwundert* Hat er sich dir nicht zu erkennen gegeben?

DER UHRENMACHER Es ist selten, daß in unserer Stadt ein Bote des Kaisers erscheint. Keiner von uns vermag sich an ein solches Ereignis zu erinnern. Nur die Sage meldet davon. Es ist ja sogar fraglich, ob es überhaupt noch einen Kaiser gibt.

DER BÜRGERMEISTER Auch ich bin verwirrt, mein Sohn.

DER UHRENMACHER Die Residenz ist fern, keiner von uns ist je dorthin gekommen, und wer sich auf den Weg machte, kehrte nie zurück. Schon die Reise nach der Provinzhauptstadt dauert Monate, und wir befinden uns in einer abgelegenen Provinz, vom Antlitz des Kaisers durch unzählige weitere Provinzen getrennt. Da kann sich jeder für einen Boten seiner Majestät ausgeben!

DER BÜRGERMEISTER Er zeigte mir seine Papiere. Sie waren in Ordnung, gezeichnet vom Reichskanzler, vom Gouverneur. Ich muß mich setzen.

DER UHRENMACHER Bitte.

DER BÜRGERMEISTER Ich kann es immer noch nicht fassen. Daß dies mir in meiner Amtszeit passieren mußte. Bin ich doch fürs Gleichmäßige, Alltägliche. Hast du einen Schnaps?

DER UHRENMACHER Steinhäger. *Er schenkt ein.*

DER BÜRGERMEISTER Der Bote des Kaisers! Hat man je so etwas gehört!

DER UHRENMACHER Seine Papiere waren gefälscht.

DER BÜRGERMEISTER Er hinterließ auf dem Rathaus zweitausend Goldstücke zu deiner Verfügung.

DER UHRENMACHER Zweitausend Goldstücke?

DER BÜRGERMEISTER Du bist der reichste Mann der Stadt.

DER UHRENMACHER Das verstehe ich nicht.

DER BÜRGERMEISTER Wir sind arme Leute in einer dreckigen, kleinen Stadt der hintersten, lumpigsten Provinz. Wir sind unwissend. Was wollte der Fremde von dir?

DER UHRENMACHER Er wollte mir weismachen, die Tochter des Kaisers sei auf dem Wege hieher.

DER BÜRGERMEISTER Die Prinzessin?

DER UHRENMACHER Sie komme, die Hochzeit mit mir zu feiern.

DER BÜRGERMEISTER Und was hast du darauf geantwortet?

DER UHRENMACHER Ich lasse meinem Schwiegervater danken.

DER BÜRGERMEISTER *feierlich* Du und unsere Stadt sind vor aller Welt geehrt worden, mein Sohn.

DER UHRENMACHER Das ist doch alles Unsinn!

DER BÜRGERMEISTER Siehst du, nun trinkst du auch Steinhäger.

DER UHRENMACHER Ich bin nichts als ein gewöhnlicher Untertan des Kaisers, einer unter Hunderten von Millionen. Ich verstehe nichts denn meinen Beruf. Die Tochter des Kaisers ist so erhaben, daß ich an sie nicht zu denken wage.

DER BÜRGERMEISTER Der Kaiser hat dich zu seinem Schwiegersohn bestimmt.

DER UHRENMACHER Und der Grund?

Dies ist die Geschichte vom großen Turm
zu Babel am roten Strome Euphrat:
Zum zweiten Mal, daß ich beginne.

Wie ich zum ersten Mal anhob und wie sich
zum ersten Mal die Wasser Mesopotamiens
vor meine Füße wälzten,
Der Turm vor mir anstieg, ein kahles Gebirge,
voll Menschen und Maschinen,
in weiße Wolken stechend,
Warf ich, ungeduldig, das Lied ins Feuer.

Es war unmöglich in die drei hölzernen Wände
einer erbärmlichen Bühne
Einen so unermeßlichen Turm unterzubringen,
daß er sogar bis in den Himmel reicht
Und die zwei drei Stunden am Abend
da die Leute in besseren Kleidern kommen
eine Komödie zu sehen,
Konnten nicht mit den Tausend Jahren überspannt
werden,
In denen sich der Turm seinem Ziel entgegen in
die Höhe schob.

Nun aber spanne ich das Lied über die ganze
Erde,
mit gelassener Hand, unbekümmert ob ich es
vollende.

Geschrieben 1953.

Friedrich Dürrenmatt im Diogenes Verlag

● Das dramatische Werk

Es steht geschrieben / Der Blinde
Frühe Stücke. Mit der ersten Komödie ›Untergang und neues Leben‹, einem Fragment aus dem verschollenen Stück ›Thogarma‹ und ›Der Doppelgänger‹ im Anhang

Romulus der Große
Eine ungeschichtliche historische Komödie in vier Akten. Neufassung 1980. Mit der unvollendeten Komödie ›Kaiser und Eunuch‹

Die Ehe des Herrn Mississippi
Eine Komödie in zwei Teilen (Neufassung 1980) und ein Drehbuch

Ein Engel kommt nach Babylon
Eine fragmentarische Komödie in drei Akten. Neufassung 1980. Mit Fragmenten aus ›Der Turmbau zu Babel‹ und ›Der Uhrenmacher‹

Der Besuch der alten Dame
Eine tragische Komödie. Neufassung 1980

Frank der Fünfte
Komödie einer Privatbank. Mit Musik von Paul Burkhard. Neufassung 1980

Die Physiker
Eine Komödie in zwei Akten. Neufassung 1980

Herkules und der Stall des Augias / Der Prozeß um des Esels Schatten
Griechische Stücke. Zwei Hörspiele und eine Komödie, letztere in der Neufassung 1980

Der Meteor / Dichterdämmerung
Zwei Nobelpreisträgerstücke. ›Der Meteor‹ in der Wiener Fassung 1978, ›Dichterdämmerung‹ ist die 1980 dramatisierte Form von ›Abendstunde im Spätherbst‹

Die Wiedertäufer
Eine Komödie in zwei Teilen. Urfassung 1967 (Komödienfassung des ersten Dramas ›Es steht geschrieben‹)

König Johann / Titus Andronicus
Shakespeare-Umarbeitungen

Play Strindberg / Porträt eines Planeten
Übungsstücke für Schauspieler

Urfaust / Woyzeck
Zwei Bearbeitungen

Der Mitmacher
Ein Komplex. Text der Komödie (Neufassung 1980), Dramaturgie, Erfahrungen, Berichte, Erzählungen

Die Frist
Eine Komödie. Neufassung 1980

Die Panne
Hörspiel und Komödie

Nächtliches Gespräch mit einem verachteten Menschen / Stranitzky und der Nationalheld / Das Unternehmen der Wega
Hörspiele und Kabarett

Achterloo
Komödie. Mit einem Nachwort des Autors

F. Dürrenmatt & Charlotte Kerr
Rollenspiele
Protokoll einer fiktiven Inszenierung und ›Achterloo III‹. Mit 28 Zeichnungen von Friedrich Dürrenmatt

Midas
oder Die schwarze Leinwand

● Das Prosawerk

Aus den Papieren eines Wärters
Frühe Prosa

Der Richter und sein Henker
Kriminalroman. Studienausgabe mit zahlreichen Fotos aus dem Film und einem Anhang

Der Verdacht
Kriminalroman. Mit einer biographischen Skizze des Autors

Der Hund / Der Tunnel / Die Panne
Erzählungen

Grieche sucht Griechin/ Mr. X macht Ferien/Nachrichten über den Stand des Zeitungswesens in der Steinzeit
Grotesken

Das Versprechen/Aufenthalt in einer kleinen Stadt
Erzählungen

Theater
Essays, Gedichte und Reden

Kritik
Kritiken und Zeichnungen

Literatur und Kunst
Essays, Gedichte und Reden

Philosophie und Naturwissenschaft
Essays, Gedichte und Reden

Politik
Essays, Gedichte und Reden

Der Sturz
Erzählungen: ›Der Sturz‹ / ›Abu Chanifa und Anan Ben David‹ / ›Smithy‹ / ›Das Sterben der Pythia‹

Zusammenhänge
›Essay über Israel‹ /
Nachgedanken
unter anderem über Freiheit, Gleichheit und Brüderlichkeit in Judentum, Christentum, Islam und Marxismus und über zwei alte Mythen

Labyrinth
Stoffe I–III: ›Der Winterkrieg in Tibet‹/ ›Mondfinsternis‹/›Der Rebell‹. Vom Autor revidierte Neuausgabe

Minotaurus
Eine Ballade. Mit Zeichnungen des Autors

Justiz
Roman

Der Auftrag
oder Vom Beobachten des Beobachters der Beobachter. Novelle in vierundzwanzig Sätzen

Versuche
Essays und Reden

Denkanstöße
Ausgewählt und zusammengestellt von Daniel Keel. Mit sieben Zeichnungen des Dichters

Durcheinandertal
Roman

Turmbau
Stoffe IV–IX: ›Begegnungen‹ / ›Querfahrt‹ / ›Die Brücke‹ / ›Das Haus‹ / ›Vinter‹ / ›Das Hirn‹

Kants Hoffnung
Zwei politische Reden/Zwei Gedichte aus dem Nachlaß. Mit einem Essay von Walter Jens

Das Dürrenmatt Lesebuch
Herausgegeben von Daniel Keel. Mit einem Nachwort von Heinz Ludwig Arnold

Meistererzählungen
Mit einem Nachwort von Reinhardt Stumm

Gedankenfuge

Das Mögliche ist ungeheuer
Ausgewählte Gedichte. Mit einem Nachwort von Peter Rüedi

● Das zeichnerische Werk

Bilder und Zeichnungen

Die Heimat im Plakat
Ein Buch für Schweizer Kinder

● Über Dürrenmatt

Elisabeth Brock-Sulzer
Friedrich Dürrenmatt
Stationen seines Werkes. Mit Fotos, Zeichnungen, Faksimiles

Über Friedrich Dürrenmatt
Essays, Zeugnisse und Rezensionen von Gottfried Benn bis Saul Bellow. Mit Chronik und Bibliographie. Herausgegeben von Daniel Keel. Verbesserte und erweiterte Ausgabe

Herkules und Atlas
Lobreden und andere Versuche über Friedrich Dürrenmatt. Herausgegeben von Daniel Keel

Friedrich Dürrenmatt Schriftsteller und Maler
Ein Bilder- und Lesebuch zu den Ausstellungen im Schweizerischen Literaturarchiv Bern und im Kunsthaus Zürich